賢者の孫SP

おうじょさま奮闘記

吉岡 剛

JN259700

FB
Famitsu Bunko
ファミ通文庫

イラスト／菊池政治

プロローグ
004

第一章
あたらしい出会い
007

第二章
おうじょさまの秘密
072

第三章
大ピンチです！
116

第四章
メイ救出大作戦
151

第五章
終わったけど、終わってない
238

おうじょさま奮闘記

賢者の孫SP

Contents

プロローグ

アールスハイド王国・イース神聖国・エルス自由商業連合国、そして今は滅びてしまったがブルースフィア帝国は、世界の中で大国と呼ばれている。

それぞれの国が大国と呼ばれるのには、国土の大きさもさることながら、それとは別に各々《おのおの》理由がある。

イースは、世界唯一の宗教である創神教《そうしんきょう》の総本山としての側面を持ち、多くのお布《ふ》施《せ》や寄付が集まり、世界中から信者が集まるため。

エルスは、その名の通り商人たちによって作られた国であり、他国に比べて経済の規模が大きく、その影響力も大きいため。

ブルースフィア帝国もかつては他国を侵略し、次々と支配してその領土を拡大していったため。

では、アールスハイドが大国と呼ばれる理由はなんなのか。

それは『教育』にあると言われる。

初等学院、中等学院までは、よほどの理由がない限り義務教育となっており、国民の識字率《しきじりつ》は他国と比べて圧倒的に高い。

その上に各種専門分野に特化した高等学院があり、貴族だけに限らず平民の教育レベルも極めて高い。

そうした国民たちがこの国の基盤《きばん》となっているため、アールスハイド王国は非常に裕福な国となっており、大国と呼ばれているのである。

だが、平民を優遇《ゆうぐう》しているとはいえ国家の形態《けいたい》としては王政の国であり、各領地を治めるために貴族も存在している。

そうした王侯《おうこう》貴族と、一般家庭の子供たちを同列に扱うことはやはり難しく、身分の高い家の子供たちが通うための学院が存在する。

それが『アールスハイド王立アールスハイド初等学院』である。

この国の名前が冠《かん》された学院には、王侯貴族の子供たち以外にも、大商会の子供なども通っており、将来のための関係構築にも役立っている。

そんなアールスハイド初等学院には、現在一人の王族が通っている。

メイ＝フォン＝アールスハイド。

アールスハイド王国の第一王女である。

王女という、ほぼ権力の最高位にいるにもかかわらず、社交的で貴族・平民問わず公平に接するその態度。

そして、明るく元気で可愛らしいメイは、初等学院内ではまさにアイドルのような存在となっていた。

第一章　あたらしい出会い

　ある朝、アールスハイド王都にある貴族街を一台の馬車が走っていた。

　貴族は馬車移動が多いためあまり人通りはないのだが、たまたま外にいてその馬車を目撃した者は例外なく頭《こうべ》を垂《た》れる。

　なぜなら、その馬車に描かれている紋章は『金龍《きんりゅう》』。

　国旗に使用されているそれは王家の紋章でもあり、その紋章が描かれている馬車に乗っているのが王族だからに他ならない。

　そして、朝早くから王家の馬車に乗って出かけるのは、現在の王族では一人しか考えられない。

「あーあ、私もシンお兄ちゃんにゲートの魔法を教えてもらいたかったです」

　アールスハイド王国第一王女、メイである。

　馬車の中で座っているメイは、足の膝から下をバタバタ上下に動かしながら不満そうな顔でそう言った。

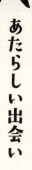

メイがそう言うのには理由がある。

というのも、彼女の兄で王太子であるアウグストが、学院の夏季休暇中にシンから移動魔法である『ゲート』を教えてもらい習得したのだ。

その結果、本日から夏季休暇が明け学院が始まるのだが、アウグストは学院が始まるギリギリまでゆっくりすることができ、馬車で移動する自分は兄よりも早く用意して登校しなければいけなかった。

メイが出かけるとき、優雅《ゆうが》に朝の紅茶を飲んでいたアウグストの勝《か》ち誇《ほこ》った顔が忘れられない。

「むきーっ！　今思い出しても、お兄様のドヤ顔がムカつくです！」

足をさらにバタバタさせて、メイは憤《いきどお》る。

そうして馬車の中で暴れていると、お側付《そばづ》きの侍女《じじょ》から窘《たしな》められた。

「メイ姫様、お行儀《ぎょうぎ》が悪うございますよ」

「むぅ、でも～」

窘められたメイは口を尖《とが》らせている。

そんなメイを説き伏せるように侍女はさらに言葉を続けた。

「それに、あのアウグスト殿下《でんか》ですら習得に数日かかったそうではありませんか。まだ魔法を覚えたばかりのメイ姫様では覚えるのは難しいかと」

侍女がそう言うのも無理はない。

それは侍女だけに限らず、アールスハイド王国民が抱いているアウグストの人物像に理由があった。

幼い頃より頭脳明晰《ずのうめいせき》。

早くから魔法の才能に目覚め、その技術も同年代のトップ。

さらに身体も鍛えているためスタイルも良く、非常に端整《たんせい》な顔立ち。

まさに、完璧。

完璧王子アウグスト。

それがアールスハイド王国民のアウグストに対する評価だった。

アールスハイド王国始まって以来の傑物《けつぶつ》とまで言われたそのアウグストですら、中々習得することができなかった魔法。

それが、シンの『ゲート』なのである。

そんな高難度な魔法を、魔法が使えるようになってまだ数日のメイが覚えられるとは到底考えられない。

考えられないのだが……。

侍女はメイの現状からある可能性を考え、技術的なこと以外でもメイを諦めさせることにした。

「それに、ゲートの魔法は瞬間移動魔法。アウグスト殿下はアルティメット・マジシャンズの皆様に大変高いモラルを要求されたと聞きます。もし姫様がゲートの魔法を習得したいと言ったら、アウグスト殿下による厳しいモラル研修が……」

「やっぱり覚えなくていいです！」

侍女の言葉を遮《さえぎ》るように、メイはそう言った。

その様子を見た侍女は内心でホッと息を吐いた。

「それはようございました。焦らずとも、魔法の基礎からゆっくりと練習していけばよろしいかと」

「はーい」

本来なら、初等学院生が魔法を覚えることはそうそうない。

というのも、魔法を使うためには魔力を制御する必要があり、精神的に未成熟な初等学院生では暴走する危険性が高いからだ。

にもかかわらず、マーリンがメイに魔法を教えたのは、これもシンの悪影響に他ならない。

シンは、本来なら物心がつくかつかないかの三歳の頃に、見様見真似《みようみまね》で魔法を使いだした。

身近にそんな天才がいると、マーリンだけに留まらずメリダですら感覚が麻痺《まひ》してしまったのだ。

シンが今のメイと同い年であった十歳の頃には、すでに魔物狩りも経験している。

それに比べれば、メイが魔法の基礎を覚えるのは遅いとすらマーリン達は思っていた。

まさにシンによる弊害《へいがい》である。

そんな勘違いをした賢者と導師から魔法の基礎である魔力制御を教えてもらったメイは、最近アルティメット・マジシャンズの面々と一緒にいることが多い。

高等魔法学院一年生にして魔人を討伐し、勲章《くんしょう》まで授けられた英雄集団。

身近にいるお兄ちゃん、お姉ちゃんたちの活躍を目の当たりにしているメイは、彼らに非常に強い憧れを抱いていた。

そんな尊敬する人たちに少しでも近づきたい。

メイはその思いから、魔力制御の鍛錬《たんれん》を一日も欠かしたことがないのであった。

その結果、侍女はある危惧《きぐ》を抱いていた。

それは……。

「それにしてもメイ姫様。登校なされたら皆様驚かれるでしょうね」

「なにをです？」

侍女の言葉に不思議そうに首を傾《かし》げるメイの側には、夏休み前まで使用していた通学用の鞄《かばん》がない。

つまり、そういうことである。

「それではメイ姫様、お勉強頑張ってくださいませ」

「はーい、行ってきまーす」

初等学院に着き、馬車を降りたメイは侍女に見送られて学院の校舎に入って行く。

他国では考えられないが、アールスハイド王国の学院では、王族貴族を問わず侍女や護衛など、あらゆるお側付きを置くことが許されていない。

子供は子供同士でコミュニケーションを取って人間関係を構築し、もしトラブルがあっても自分で解決するべきとの考えからである。

というわけで、校門を潜《くぐ》るとそこから先は子供たちの世界なのである。

「おはようございますメイ姫様！」

「おはようございます！」

「はい！　みなさん、おはようです！」

校舎に向かう道すがら、次々と朝の挨拶《あいさつ》を受けるメイは、その都度笑顔を振りまきながら挨拶を返す。

それは王族としての義務からではなく、心底楽しくて挨拶していると分かる笑顔である。

尊敬する王族からそんな笑顔を向けられた初等学院生たちは、メイの笑顔に心を撃ち抜かれ、皆ほんわかした表情になっていく。

だが、その中の男子生徒の一人がメイの様子に違和感を抱いた。

そしてジッと観察したところで、ハッと気が付き隣にいた友人に聞いた。

「おい、メイ姫様、お鞄はどうされた？」

「え？　あ、そういえば……」

男子生徒が抱いた違和感。

それは、メイが鞄を持たずに登校してきたということだった。

成績優秀で品行方正《ひんこうほうせい》なメイが鞄を持っていない。

ということは。

「た、大変だ……メイ姫様が不良になられてしまった！」

男子生徒は、変な勘違いをしていた。

「おはようございます！」

教室に辿《たど》り着《つ》いたメイは、大きな声で挨拶をしながら入っていく。

夏休み前と変わらない光景。

メイに対して口々に挨拶を返す同級生たちの中で、一人の少女がメイに近付いていった。

「メイ姫様。おはようございます」

「あ、おはようですアグネスちゃん！」

彼女の名前はアグネス＝フォン＝ドネリー。

栗色のフワフワした髪を肩口まで伸ばし、目がクリッとした可愛らしい少女。

伯爵家《はくしゃくけ》の令嬢《れいじょう》である。

兄であるアウグストもそうだったが、学院内に侍女や護衛の兵士を入れることはできない。

だが、王族が全くの無防備であることもあまり好ましくない。

その結果として、トールやユリウスといった同じ歳の子供をお側仕え兼護衛として付ける。

アグネスは、トールやユリウスのように護衛技術などはないが、メイと常に一緒にいることを義務付けられている少女なのである。

「メイ姫様、ちゃん付けは止めてくださいませ。なにやら落ち着かない気分になりますので……」

「あ、そうだったです。ごめんなさいアグネスさん」

「いいえ、私のわがままで申し訳ございません。それより……」

「どうしたです？」

「あの、その……」

「？」

言いよどむアグネスを見てメイは首を傾げる。

このとき、アグネスはある葛藤《かっとう》を抱いていた。

夏休み明けの新学期早々、メイが鞄を持たずに登校してきた。

忘れたわけではない。鞄丸ごと忘れることなど考えられない。

ということは……。

アグネスの脳裏《のうり》にはある言葉がチラついていた。

『夏休みデビュー』

アグネスが好きで読んでいる物語の中に、登場人物が夏休み中に不良になってしまうケースがよくある。

もしや、メイも同じように不良になってしまったのでは？

しかし、王族であるメイが不良になることなどあるのか？

ストレートに聞くのは不敬《ふけい》ではないのか？

アグネスは言おうか言うまいか散々悩んだが、さすがにこのままにしておいてはいけないと、思い切って聞いてみることにした。

「あの……お鞄はどうされたのですか？」

アグネスが決死の思いで発した問いを聞いたメイは、ニンマリ笑うとある行動に出た。

「ふふ。それは……ここにあるです！」

「な⁉　そ、それは⁉」

メイが取った行動。

それは、異空間収納を開き、その中から鞄を取り出すというものだった。

「メ、メイ姫様……それ……」

「えへへ、実は夏休み中に、シンお兄ちゃんから習ったです！」

「い、異空間収納魔法‼」

嬉しそうにはにかみながら言うメイに対して、アグネスは驚きのあまり絶叫した。

「メ、メイ姫様！　魔法が使えるようになったのですか⁉」

例の魔力暴走の懸念《けねん》から、魔法を教えてもらえるのは中等学院生になってから。

にもかかわらず、初等学院生であるメイが魔法を使った、
しかも、大人の魔法使いでも使える者はほんの一握りしかいない異空間収納魔法。

それを目の前でメイが使ったのだ。

その衝撃は計り知れない。

「実は、夏休み中に賢者様と導師様に魔力制御を教えて頂いたです」

KADOKAWA
enterbrain
最弱帝国の皇帝から『三大陸の覇者』を目指す
Three continents
衰退の一途を辿るレムリア帝国の跡継ぎとして育てられた少年エルキュール。数年後、皇帝に即位したエルキュールは帝国を再興するために大規模な財政・軍事の改革を行うなど慌ただしい日々を送っていた。そんな中、帝国内部に建国された国家ペロソニア傭兵団領が帝国へ侵攻を開始する!!　すぐさまエルキュールは戦争の準備を整えるのだが……。
これはレムリア帝国中興の祖であり三大陸の覇者『聖光帝』として歴史に名を残す若き皇帝の物語である。

「け、賢者様⁉　導師様⁉」

「ええ⁉」

「本当ですかメイ姫様⁉」

アグネスと同じく、メイの様子が気になって話を聞いていた周りの同級生たちも、口々に驚きの声をあげていた。

「な、なんで賢者様と導師様に……」

「お兄様たちの合宿について行ったら、合宿の保護者としてお二人がいらっしゃったです」

「アウグスト殿下の合宿……あ、もしかしてアルティメット・マジシャンズの合宿ですか？」

「そのときはまだアルティメット・マジシャンズじゃなかったですけど」

「うわあ！　うわあ‼　ひょっとしてメイ姫様は、アルティメット・マジシャンズが結成される経緯をご覧になられていたのですか⁉」

「うーん。私が行ったときにはすでに皆さん揃《そろ》ってたです。あ、でも魔法の練習は見てたです」

「いいなあ！　メイ姫様いいなあ‼」

メイの話す内容に、思わず興奮してしまう伯爵令嬢。

貴族の娘とはいえ、メイと同じ十歳の少女なのである。

夏休みの間に、他国で起こった二度にわたる魔人の襲撃を、ことごとく跳ね返したアルティメット・マジシャンズ。

そんな、アールスハイドで今一番ホットな話題を提供する集団と、知り合いの様子のメイに、思わず羨《うらや》ましいという気持ちが隠せなかったのだ。

さらに、先ほどメイはアグネスが耳を疑う情報を口にしていた。

「そ、そういえばメイ姫様。さっき異空間収納魔法を教わった人って……」

「シンお兄ちゃんです」

「シ、シン＝ウォルフォード様⁉」

伯爵令嬢であるアグネスが、思わず様付けで呼んでしまう人物。

賢者マーリンと導師メリダの孫であり、魔人を単独で討伐した英雄シン。

そのシンから魔法を教わり、あまつさえ『シンお兄ちゃん』と呼ぶような間柄……。

「う、羨ましいですぅ……」

もはや王女のお側付きという立場さえ忘れ、嫉妬《しっと》の気持ちを前面に押し出すアグネス。

色々と羨ましすぎて涙さえ滲《にじ》んでいる。

そんな中、アグネスはハッと気が付いた。

「あ、あの、メイ姫様？　その……もしかしてシン様にお会いできたりとかは……」

シンと知己《ちき》であるメイを介せば、ひょっとしたら会えるのではないか。

そんな期待から思わず聞いてしまった。

本来なら、立場が遙《はる》かに上である王族のメイにそんなことをお願いするのは不敬すぎる。

だが、今のアグネスの脳裏からそんなことはすっかり消えていた。

元々メイが王族らしからぬ態度で日頃からアグネスと接していることも要因ではあろうが。

ともかく、アールスハイドの英雄たちに会えるかもしれない可能性に、アグネスはすっかり囚われていた。

アグネスからおねだりされたメイは、おねだりそのものは特に何とも思っていない様子だが、その内容に少し眉をひそめた。

「うーん……私としては会わせてあげたいですけど……」

「ほ、本当ですか⁉」

メイの言葉に、思わずメイに近付くアグネス。

だが、次のメイの言葉で撃沈した。

「ただ、お兄様がなんて言うか……」

「そ、そうですよね！」

メイの言葉に、アグネスはすぐに諦めた。

それは、アグネスがアウグストの性格を知っていたからではない。

アウグストは、社交的なメイと違って、対外的には気品に溢《あふ》れた『ザ・王族』といった雰囲気を醸《かも》し出している。

その様子は、自分にも他人にも厳しそうな印象を与え、国民たちはアウグストのことを尊敬しているが畏怖《いふ》もしているのだ。

そんな王太子の許可が必要。

アグネスとしては、それ以上おねだりすることなどできなかった。

諦めたアグネスだが、やはり残念であることは変わらず、しょんぼりしてしまった。

そんなアグネスを見たメイは、ちょっと気の毒になり別の話をしはじめた。

「あ、でもシンお兄ちゃんたちのお話ならしてもいいと思うです」

「シン様たちのお話⁉ 是非《ぜひ》！ 是非お聞かせください‼」

国民憧れのスーパーアイドルのオフ話が聞けるとあって、アグネスの機嫌は急激に回復した。

さっきまで落ち込んだ様子を見せていた友達が嬉しそうな態度に変わったことでこちらも機嫌を良くしたメイは、シンたちの合宿での様子を面白おかしく話しだし、その周囲には、いつも以上に人が多く集まっていた。

メイの話を楽しく聞いていた同級生たちは、あることをすっかり忘れていた。

やがて教師がやってきて各自の机に戻った際、皆がふと思い出した。

(そういえば、メイ姫様が使った魔法って異空間収納魔法だったよな?)

そのことに気が付いた同級生たちは、メイがシンたちと知り合いであるということ以外に、メイ本人の魔法の才能にも気が付いてしまった。

そして、一時は学院中に『メイ姫様ご乱心』のゴシップが流れていたが、その誤報はすぐに別の話題に切り替わった。

その話題とは。

『メイ姫様は、賢者様と導師様から魔法の才能を見出され、あのシン＝ウォルフォードから異空間収納魔法を教えてもらえるほどの天才である』

というものだった。

元々学院のアイドル的存在であったメイは、ますます高嶺《たかね》の花《はな》になっていった。

その当のメイは。

「なんか最近、話しかけてくれる人が減った気がするです……」

高嶺の花すぎて、他の学院生が話しかけてこなくなったことで、若干落ち込んでいた。

「嫌われるようなこと、したですか?」

「あ、あはは……」

真剣に悩んでいる様子のメイだが、事情を知っているアグネスは、ただ苦笑すること
しかできないのであった。

◆

メイを学院まで送って行った侍女が、王城に戻ってくるとフッと息を吐《つ》いた。

その様子に王宮侍女の上司が気付き、声をかけたのだ。

「どうしました？」

「ふう……」

「実は、メイ姫様がアウグスト殿下と同じゲートの魔法を覚えたいと言い出しまして」

「まあ。確かにメイ姫様もアウグスト殿下と同じく魔法の才能がおありでしょうけど、
さすがにそれは無理でしょう？　なぜそんな溜《た》め息《いき》を？」

「……本当に無理だと思います？」

「というと？」

「だって、メイ姫様、あのお年で異空間収納魔法まで使えるんですよ？　もしかしたら
って思いませんか？」

「それは……」

「まあ、ゲートの魔法を覚えるためにはアウグスト殿下の厳しいモラル研修を受けないといけませんって言ったら、諦めてくれましたけど……」

「……そのうち覚えそうね……」

王宮侍女二人は、そのうちメイがゲートの魔法を覚えてあっちこっち自由に行き来している未来を幻視した。

そして……。

「「はあ……」」

お転婆《てんば》な姫が巻き起こす騒動を予想して深い溜め息を吐くのであった。

◆

『王女メイは、すでに異空間収納魔法が使えるほどの魔法使いである』

その噂は、瞬《また》く間に初等学院を駆け巡り、学院生、特に男子生徒に衝撃を与えた。

ただでさえ至高の王族。

さらに、気さくで優しく人当たりもいい美少女。

男子学院生のほとんどがメイに想いを寄せていると言っても過言ではない。

そんなメイにさらなる属性が追加された。

『天才魔法使い』

今までは身分や人柄について高く評価されていたメイだが、今度はメイ自身の力についても評価された。

身分・人柄・実力。

どれを取っても一級品となったメイは、男子生徒たちにとって学院のアイドルという存在から、ぜひ将来のパートナーにと切望される存在となったのだ。

そして、男子生徒たちは少しでもメイに気に入られようと行動を起こす。

「や、やあ、メイ姫様」

「はい、なんですか？」

「実は僕、珍しい魔道具を手に入れまして」

「へえ、どんな魔道具ですか？」

「ええ、実はコレなんですが……」

メイに声をかけた男子生徒は、チカチカと光を放つ魔道具を取り出した。

「……これが珍しい魔道具です？」

「ええ、これは自分の意思で光を点けたり消したりできるのです！」

「ふーん」

「そして、その光の点滅によって遠く離れた者との意思疎通《いしそつう》が可能になるのです！」

それは、いわゆるモールス信号のようなもので、昔から軍などで使われているものである。

元々軍事用の品であるので市場に出回ることはないのだが、最近になって出回るようになった。

それをこの男子生徒は、手に入れたのだ。

「どうです！　凄いでしょう！」

そう言われたメイは微妙な顔だ。

なにせ、今まで軍事機密だったこの魔道具が世に出回りだしたということは、それに代わる魔道具が導入されたということだ。

そしてメイは、その魔道具を使ったこともある。

今見せられている魔道具は、メイにとってただの型落ち品にしか過ぎない。

「えーっと……」

メイが答えに窮《きゆう》していると、横からアグネスが口を挟んだ。

「何言ってるんですの？　メイ姫様ならそんな魔道具くらい見たことありますわよね？」

「え、ええ」

「そ、そうなんですか⁉」

「当たり前でしょう？　そもそも、その魔道具って軍で使われなくなったから市場に出回りだしたものですわよ？　王族である姫様も当然知ってますわ」

王族だから、軍事機密にあたる情報伝達用の道具も知っているというのはいささか暴論だが、今回はたまたまその推察は当たっていた。

アグネスに跳ね返され、肩を落とす男子生徒を押しのけて、また別の男子生徒がメイの前に現れた。

「いやあ、実は、僕も家で家庭教師から魔法の授業を受けていましてね」

「へえ、そうなんですか！」

初等学院では魔法を教える授業はない。

それは中等学院で適性を調べてからの選択授業になる。

つまり、初等学院生のうちから魔法が使える目の前の男子生徒は、メイにとって数少ない仲間であるといえる。

そう思ったメイは、思わず嬉しそうに返事をした。

その様子を見て手ごたえを感じた男子生徒は、続けて言った。

「それで、もしよかったら、僕の家で詠唱《えいしょう》の研究をしませんか？」

完璧だ。

これでメイは家に遊びに来てくれる。

そうして仲良くなっていけば……。

その男子生徒は、メイと一緒にいる未来を妄想した。

だが、その妄想はメイの一言で崩れ去った。

「なんで詠唱が必要なんです？」

メイは、本当に不思議そうに首を傾げてそう言った。

「え、な、なんでって……魔法を使うのに詠唱は必須じゃないですか！」

「必須？」

今度は逆方向に首を傾げたメイ。

その姿を見て、思わず男子生徒は声を荒らげた。

「当たり前じゃないですか！」

「ええ？　でも、詠唱なんか必要ないって教わったですけど……」

「どこの誰ですか⁉　そんなデタラメを姫様に教えたのは！」

「賢者様です」

「けっ……！」

メイの返事に、思わず声を詰まらせる男子生徒。

彼は、メイが誰に魔法を教わったのか、興奮のあまり忘れてしまっていたようである。

「ほら」

「んなっ……」

そしてメイは、何気なく前に出した手のひらの上に小さな風の渦を作り出した。

それを見た男子生徒は、さらに大きく口を開け愕然《がくぜん》としている。

そのあまりに間抜けなさまに、メイの隣にいるアグネスは、身体をくの字にして笑いを堪《こら》えて……。

「ぷっ……あは、あはははは‼」

……いなかった。

「うーん……どうも私が教わってる魔法とはちょっと違う気がするです。なので、今回は遠慮しておきます」

「そ、そうですか……」

そう言って男子生徒はすごすごと下がって行った。

「ああ、面白かったですわ」

ようやく笑いが治まったアグネスを、メイは不思議そうに見ていた。

「何でそんなに笑ってるです？」

「ああ、いえ。メイ姫様はご存じなくて大丈夫ですわ」

「？」

そうして楽しそうなアグネスと不思議そうなメイは、学院の廊下《ろうか》を歩いていた。

すると二人の前に、メイと同じ学年の中で一番のイケメンと言われている男子生徒が、壁にもたれるように立っていた。

その男子生徒は、メイたちが近付いてくるとニコッと笑い、

「御機嫌《ごきげん》よう、メイ姫様」

と、女子生徒が見たら蕩《とろ》けてしまいそうな笑顔でそう挨拶してきた。

しかし……。

「あ、御機嫌よう」

メイは、その男子生徒に一礼すると、そのまま素通り。

「……」

後には、笑顔を引《ひ》き攣《つ》らせた男子生徒だけが残された。

学年一のイケメンと言われている男子生徒だったが、メイは国内一のイケメンと言われている兄を見慣れている。

そのためメイは、ただ通りすがりの男子生徒に挨拶されたとしか認識していなかった。

その光景は、またもアグネスのツボに入り、しばらく笑いが止まらず、さらにメイを困惑させることになる。

「もう、さっきからどうしたんです？」

「い、いいえ、さっきの彼の顔……あ、あははは！」

笑い続けているアグネスを不思議そうに見ながら、メイはここ最近の状況の変化につ

いて考えていた。

「それにしても、皆さんまた前みたいに声をかけてくれるようになって嬉しいです！」

夏休みが明けてメイが魔法を使えるようになったという話が広まってからというもの、周りにいるのはアグネスだけになっていた。

それが、ここ最近、前のように声をかけてくれるようになった。

ただ……。

「えっと、メイ姫様？　それがなぜだか分かってらっしゃいます？」

「ん？」

メイの言葉で笑いがピタッと止まったアグネスが、思わずメイに質問する。

だが、メイから返ってきたのはよく分かっていない返事。

メイは、声をかけてくる生徒が男子ばかりなのに気が付いてはいるが、それがなぜなのかは分かっていない。

その事実に、アグネスは思わず苦笑をこぼした。

珍しい魔道具を持っている、魔法が使える、イケメンである。

それだけでは、メイに対して何のアピールにもなっていなかったのだ。

「……お兄様がアウグスト殿下だったり、シン様ともお知り合いだったりするメイ姫様にとっては、どれも物足りなかったみたいですね」

「なにがです?」

「いえいえ、なんでもないです」

「そうですか?」

イマイチよく分かっていない様子のメイを見て、さすがに男子生徒たちに同情するアグネス。

だが、そこでふと疑問に思うことがあった。

「そういえば、メイ姫様って好きな男の子とかいないんですか?」

「ふえ?」

アグネスの突然の質問に対して、メイはキョトンとした表情をした。

一国の姫に対して不適切な質問かもしれないが、ここアールスハイドでは王族・貴族でも、政略結婚より恋愛結婚の方が尊重《そんちょう》される。

そして、メイも共学の学院に通っている十歳の女子。

恋愛事に興味津々なお年頃のはず。

好きになった男子の一人や二人、いてもおかしくないとアグネスは思っていたのだが……。

メイから返ってきた反応は、赤くなるわけでもなく、素の表情。

そして、少し考えてから返ってきた返事は……。

「シンお兄ちゃん！」

「……シン様って、シシリー様とご婚約されていたかと思いますが……」

「シシリーおねえちゃんも大好きです！」

ニコニコとそう答えるメイ。

その表情を見て、アグネスは色々と悟った。

「あの、『そういう』好きじゃなくてですね……その、シシリー様がシン様に向けているような好きなのですが……」

「うーん……」

そう言われて、メイは考える。

シシリーがシンに向けている好きの感情。

あれは恋愛感情の好きだ。

対して、メイがシンに感じている好きはそれとは違う。

シシリーも同じように好きだということは、恋愛感情ではない。

言うなれば親愛の情だ。

自分に、シシリーのような感情を向ける相手がいたかな？

「うーん……」

「あ、やっぱりいいですわ。変なことを聞いてしまって申し訳ございません」

真剣に考えだしてしまったメイに、やっぱりいいというアグネス。

アグネスは、メイの反応で分かってしまったのだ。

メイは、まだ初恋を経験していないのだと。

(まあ、あれだけ高スペックのお兄様が身近にいらっしゃれば仕方ないか)

そんなことをアグネスが思っていたところ、メイから思わぬ言葉が投げかけられた。

「そういうアグネスさんはどうなのですか？　誰か好きな人がいるですか？」

「へえっ⁉」

メイの言葉に、思わず変な声を出して赤くなってしまうアグネス。

「ああ！　その反応はいるですね⁉」

「え⁉　あ、いや、その！」

「教えてくださいです！」

「あ、あの！　ご勘弁を！」

そうやってキャッキャとはしゃぎながら廊下を歩いていると、階段の踊り場から声が聞こえてきた。

それは、決して楽し気な会話ではなかったため、メイとアグネスは思わず足を止めた。

「なんです？」

「あ、あれは！」

メイとアグネスが見た光景。

それは、複数の男子生徒が、一人の男子生徒を取り囲んでいる光景だった。

「おい。俺たちの視界に入るなって言ったよな？」

「え……き、君たちの方から近寄ってきたんじゃないか」

「口答えするな！」

「あうっ！」

「平民のくせに、粋《いき》がりやがって！」

「生意気なんだよ！」

「あうっ！　べ、別に粋がってなんか……」

「口答えすんなって言ってるだろ！」

明らかなイジメの現場。

そんな現場を目撃してしまったメイとアグネス。

攻撃的な男子生徒を見たメイは、足が竦《すく》んでしまった。

メイは、国民を守る王族の義務として、助けなければいけないと考えた。

でも、怖い……。

どうしようかと隣のアグネスを見たとき、メイは驚いた。

その顔が怒りと、何もできない悔しさに満ちていたからである。

噛み締めた唇からは、今にも血が出そうだ。

その顔を見たメイは、意を決して男子生徒たちに声をかけた。

「あなたたち！　何してるですか⁉」

その声にビクッとなった男子生徒たちは、メイの姿を見て青くなった。

「メ、メイ姫様⁉」

「大勢でよってたかって一人をイジメるなんて非道《ひど》いです！」

「べ、別にイジメてたわけじゃ……」

「全部見てたです！」

何とか言い逃れようとする男子生徒たちだったが、バッチリと現場を目撃されていたとなっては言い逃れのしようもない。

そこで男子生徒たちが取った行動は……。

「お前ら！　行くぞ！」

「あ！」

「おい、待てよ！」

逃走だった。

その場を去っていく男子生徒の後ろ姿を睨んでいたメイだが、その姿が見えなくなると……。

「はぁ……怖かったです……」

男子生徒たちが殴りかかってきたらどうしようとか考えていたメイは、そうならなかったことに安堵《あんど》の息を吐いた。

もちろん、王女であるメイにそんなことをする生徒などいるはずもないのだが。

安堵しているメイを置いて、アグネスはイジメられていた男子生徒に駆け寄った。

「コリン君！　大丈夫ですの⁉」

「あ、アグネスさん。うん、大丈夫だよ」

そう言ってアグネスに顔を向けた男子生徒は、茶色い短髪の優しそうな顔をした少年だった。

「あ、やっぱりお知り合いだったですか」

先ほどの怒りに満ちたアグネスの表情から、ひょっとしたらと思っていたが、やはり知り合いだったようだ。

メイの言葉を聞いた少年は、メイに向かってお礼を言った。

「ありがとうございます、メイ姫様」

「いえ、お気になさらなくていいですよ。アグネスさんのお知り合いの方ですし。そもそも、イジメなんて許せないです！」

さっきまで足が震えそうになっていたのだが、上手くイジメっ子を追い払えたことで、少し気が大きくなっているメイだった。

そんなメイに、アグネスが改めて頭を下げた。

「ありがとうございます、メイ姫様。アイツら、いつもコリン君をイジメていて……」

「いつも？」

「はい。コリン君の家って、かなり大きな商会なんです。アイツらは男爵とかの貴族の家の奴なのですが、コリン君の家の方がお金持ちだからって嫉妬して……」

「そんなことでイジメてたですか⁉」

「はい」

「許せないです！」

アールスハイドでは、貴族は平民を守る存在であれと教えられている。

貴族が平民を貶《おとし》めるなど、あってはならないことなのだ。

もしこれが大人の世界で起こったことだとすると大問題である。

だが……。

「あ、あの、メイ姫様。子供同士のことなので、あまり事を大きくしないでいただけませんか？」

そう言ったのは、イジメられていたコリンだった。

「なんでですか！」

「貴族っていっても子供の言うことですし……それに僕は気にしてませんから」

コリンのその台詞《せりふ》に、メイは思わずポカンとしてしまった。

「……あなた、おいくつです？」

「？　十歳ですが」

「同《おな》い年《どし》なのに、意見が大人すぎるです！」

まるで大人が言いそうな台詞を口にするコリンに驚愕《きょうがく》するメイ。

そんなメイの様子を見て、コリンは苦笑する。

「あ、あはは。そういうところも気に入らなかったようで……」

「コ、コリン君は、この年で実家の仕事をいつも見ているから大人びているように見えるんですわ！」

困ったように自虐《じぎゃく》するコリンを、なぜか必死にフォローするアグネス。

その様子を見て、メイはピンときた。

「アグネスさん。コリンさんのご実家のこと知ってるです？」

「はい。コリン君の実家の商会には、私の実家の領地経営を手伝って頂いているんです。それで、昔からよく一緒に遊んでまして」

「ああ、なるほど。それでコリンさんのことがすモギュッ⁉」

「メ、メイ姫様⁉　ちょっとこちらへ！」

大慌てでメイの口を塞いだアグネスは、そのまま踊り場の角へメイを引きずって行った。

「な、なんでそのこと知ってるんですの⁉」

あまりに驚いたアグネスは、思わずメイにそう訊《たず》ねてしまった。

アグネスのその言葉を聞いたメイはニヤッと笑った。

「あ、やっぱりです？」

「し、しまった！」

自爆してしまったアグネスは頭を抱えた。

メイは、そんなアグネスを微笑《ほほえ》ましいものを見る目で見ていた。

「ふふ。アグネスさんには好きな男の子がいるみたいでしたし、コリンさんがイジメられてたとき、凄く悔しそうな顔してたですよ？」

「そ、そんな顔してました？」

「はいです。それに、コリンさんのこと必死でフォローしてましたし」

「あ、あの！　このことはコリン君には内緒に……」

「あの、メイ姫様、アグネスさん？　そろそろ次の授業が始まりますよ？」

踊り場の角でヒソヒソ話をしていた二人に、コリンから声がかかる。

「あ、もうそんな時間です？」

「はい。もうすぐですね」

「それじゃあ、そろそろ教室に戻るです。あ！　そういえば自己紹介がまだだったです」

「あはは。メイ姫様のことを知らない人間なんてこの学院にはいませんよ。でも僕は自己紹介しておかないといけませんね。僕はコリン。コリン＝ハーグです」

「ハーグ？　ハーグで大きな商会っていうと……」

「はい。ハーグ商会会頭《かいとう》、トムの息子です」

「！」

コリンの自己紹介に驚くメイ。

というのも、メイにとってハーグ商会とは、アールスハイドを代表するような大商会というだけではない意味を持っているからだ。

メイは無言のままスタスタとコリンに近付くと、ガッとコリンの両手を握った。

「今日、お家に遊びに来ないですか⁉」

「「ええ⁉」」

メイの言うお家とは、当然王城のことである。

突然とんでもないことを言われたコリンは驚きの声を。

アグネスは、メイが自分の好きな男子を突然王城に招いたことに驚きの声をあげた。

まさか、自分がコリンのことを好きであると知った上で……。

そんな思いを抱いたとき。

キ～ンコ～ンカ～ンコ～ン。

「「「あ」」」

授業の開始を告げるベルが鳴り、三人は慌てて教室に走って行くのだった。

◆

授業も全て終わった放課後、いつもなら自宅の馬車に乗って帰っているコリンだが、今日はメイからのお誘いもあり、アグネスも含めた三人で王家の馬車に乗っていた。

困惑するコリンと、不安そうなアグネスを置いて、メイ一人だけが上機嫌である。

「あ、あの。どうして僕が王城に招かれるのですか？」

お側付きで伯爵令嬢であるアグネスはともかく、大商会の息子とはいえ平民である自分が王城に招かれる意味が分からないコリンは、思わずそう訊ねた。

それは、アグネスとしても是非聞いておきたい内容であった。

「それはですね……」

そこで言葉を切るメイ。

思わず息を呑《の》むコリンとアグネス。

そしてメイが放った言葉は……。

「コリンさんのお父様のお話を聞かせてもらうためです！」

「「へ？」」

メイの発言に、思わず間抜けな声が出た二人。

「コリンさんのお父様のトム会頭といえば、駆け出し商人のころにメリダ様とお知り合いになって商会を設立し、大きく発展させたと聞いてるです！」

「は、はあ。確かに導師様の魔道具の販売権はうちの商会が持ってますけど……」

「是非！　その話が聞きたいです！」

「ええ……」

「あ。そういえば、メイ姫様、導師様のファンでしたものね」

理由を聞いて更に困惑するコリンだったが、アグネスの方は合点《がてん》がいったようだ。

ようやく不安が解消されたアグネスは、メイが昔からメリダ関連の物語が好きだったことを思い出した。

「はいです！　実際にお会いしたメリダ様は、優しくて益々《ますます》大好きになったです！」

シンには非常に厳しいメリダだが、まだ幼い少女であるメイには非常に優しく接してくれた。

実際に憧れの人物に会ったことで、その過去の話も知りたくなってしまったのだ。

それも、書物ではなく、実際に会っていた人間の話を。

本当はトム本人から話を聞きたいところではあるのだが、いかんせんハーグ商会という大商会の会頭である。

常に忙しくて、メイのわがままで時間を取らせるわけにはいかないのである。

「それに、シンお兄ちゃんの子供の頃のお話も知ってるそうです」

「そ、それはちょっと聞いたことないですが……」

メイの言葉に、コリンは困惑を隠せない。

コリンとしては、父が昔メリダにお世話になったという話はよく聞かされていた。

なにせハーグ商会が大商会になる切《き》っ掛《か》けをくれた恩人である。

そのことを語《かた》り継《つ》ぐのは当然といえる。

だが、トムが現代の英雄であるシンを幼い頃から知っていたというのは、つい最近知った話なのである。

そのときは大いに驚き、そして我が父ながら嫉妬してしまったものである。

しかし、本当につい最近知ったので、シンの幼い頃の話というのはまだ聞いたことがないのである。

「じゃあ、是非聞いてきてくださいです！」

「あ、はい」

メイの勢いに負けて思わず返事をしてしまうコリン。

「あの……シン様本人からは聞かれないのですか？」

あわよくば、そのときに自分もシンと会えるかもという希望を抱くアグネスだが、メイはちょっと困った顔をした。

「普通の子供だったとしか、教えてもらえなかったです」

「へえ、そうなんですか」

今のメイの台詞を、アルティメット・マジシャンズの面々が聞いたら「絶対嘘《うそ》だ‼」と大反論するところだが、事情を知らないアグネスは、普通に納得した。

シン本人はいたって本気で言っているのだが、メイとしてもそれだけでは面白くない。

是非とも、トム視点でのシンの話を聞いてみたいのだ。

「あ、そろそろ着くです」

「！」

馬車が到着するのは、もちろん王城だ。

そんな場所に着くということで、思わず身を固くするコリン。

楽し気なメイ、硬直しているコリン、そしてコリンを心配そうに見ているアグネスを見ながら、メイの侍女はある心配をしていた。

（メイ姫様……シン様の幼少のころのお話を聞いたら、もっと魔法に打ち込むようになってしまうのではないかしら……）

そんな様々な思いが渦巻く馬車は、滞《とどこお》りなく王城に到着した。

◆

「はあ……緊張した……」

「あはは。お疲れ様、コリン君」

王城のメイの私室で、父トムの昔話を聞かせたコリンとそれを聞いていたアグネスは、ドネリー伯爵家の馬車に一緒に乗って王城を後にしていた。

普段なら、アグネス以外の級友は立ち入ることすら許されない王女の私室。

そこに招かれたのだ、緊張して当然である。

しかも、王族のプライベートゾーンであるため、いつ他の王族が部屋に入ってくるかと気が気でなかった。

幸いというかなんというか、今回はそんなことはなかったが、今後は分からない。

なにせ、今回コリンが話せたのは父とメリダの繋がりのほんの一部。

息子とはいえ、全ては知らなかったのである。

コリンから色んな話が聞けるかとワクワクしていたメイは、実際にはそれほど多くの話が聞けなかったことを責めはしなかったが、しょんぼりしてしまった。

そんな王女様を見て、コリンは思わず父から色んな話を聞いてきますとウッカリ口に出してしまった。

それを聞いたときのメイの嬉しそうな表情といったら。

今更やっぱりなしでとは言えなくなってしまったのだ。

「はぁ……またメイ姫様のお部屋に行くことになるのか……」

「あら。王女様のお部屋に行けることは名誉なことなのではなくて？」

コリンが、メイの機嫌を必死に取ろうとしたことにちょっとヤキモチを焼いてしまったアグネスは、つい意地悪な口の利《き》き方《かた》をしてしまった。

だが当のコリンはそんなアグネスの意図には気付かない。

「いや、十分名誉なことではあるんだけど……いつ他の王族の方が来られるかと思うと……」

「なら、あんな約束なんてなさらなければよかったのに」

「……あんなしょんぼりしてるメイ姫様を見て、そんなこと言えないよ」

「まあ、確かに……お可哀想《かわいそう》なくらいしょんぼりされてましたわね」

メイは特に狙ってやったわけではない。

本当に残念に思っただけなのだ。

しかし、その姿は非常に庇護欲《ひごよく》をかき立てるもので、アグネスですら思わずグッときてしまったのだ。

「それにしても、やっぱりアグネスさんは、メイ姫様のお部屋には何度も行ったことがあるんだね」

「ええ。夏季休暇前はよくお邪魔していましたわ。ただ……そのあとは一度もお邪魔していなかったのですけれど……」

「ああ。夏季休暇中にアルティメット・マジシャンズの方々とお知り合いになられたんだよね」

「タイミングが悪いですわ。その前にお知り合いになられていたなら、私もシン様たちとお知り合いになれたかもしれませんのに」

「羨ましいよねえ」

「私はコリン君も羨ましいですわ」

「僕も？」

「だって、コリン君のお父様はシン様の幼少のころからご存じなのでしょう？」

「そうらしいんだよねえ。僕だって初めて聞いたときはビックリしたよ。もっと前から知ってたら紹介してもらってたのに」

世間一般の学院が夏季休暇の間に、とんでもない功績をあげて瞬く間に英雄となってしまったシンとアルティメット・マジシャンズ。

今や、おいそれとは会えないような存在に、父親のコネを使って会わせて欲しいとは言えないコリンなのであった。

「そっか……ねえコリン君」

「ん？　なに？」

何気ない話をしていたアグネスとコリンだったが、急にアグネスの雰囲気《ふんいき》が変わった。

「その……メイ姫様のこと、どう思う？」

「どうって？」

「えっと……可愛いなとか、す、好き……とか」

なんとなく不安な様子でコリンに聞いてみるアグネス。

アグネスは、コリンがメイと話をしているときからずっと不安だったのだ。

メイもコリンも楽しそうにお話をしている。

その光景は、とてもお似合いなように見えてしまっていた。

もしかしたら、コリンはメイのことを好きなのでは……。

アグネスが少し不機嫌そうだったのはそういう理由だ。

そして、今この場にメイはいない。

こんな機会は滅多にない。

そこで、思い切って聞いてみることにしたのだ。

そしてコリンから出た言葉は。

「ああ。メイ姫様って可愛らしいよね。僕も好きだよ」

「……え」

コリンの口から出たのは、アグネスが聞きたくなかった答えだった。

思わず絶望してしまったアグネスだったが、コリンはアグネスのそんな様子には一切気付かず話を続ける。

「気取ったところがないし、誰にでも平等に接してくださるし、メイ姫様のことを嫌いなんて言う人はいないんじゃないかな」

「……ん？」

なんか様子がおかしい。

アグネスとしては、メイのことを異性として好きかどうか聞いたのだが、コリンの返事はちょっと違う感じがする。

「でも、なんでそんなこと聞くの？　アグネスさんも好きだよね、メイ姫様のこと」

「も、もちろん！　大好きですわ！」

「でしょ？　変なこと聞くなあ」

「そ、そうね！　な、なんでそんなこと聞いてしまったのかしら⁉」

一時は絶望してしまったアグネスだが、コリンの好きは異性ではなく人間としての好きだった。

ホッとしたアグネスは、元気になって思わず大きな声を出してしまった。

それを見たコリンは、アグネスの態度を違う方向に解釈した。

「あ、やっぱりメイ姫様のお側付きとしては、姫様を嫌っている人間は側に近寄らせないとかそういうこと？」

「ち、ちが！　大体、今更確認しなくてもコリン君が信頼できる人なのは知っていますわ！」

ついそんなことを叫んでしまうアグネス。

叫んでしまってから、自分の秘めたる想いをコリンに悟られてしまうのではないかと思ったが、残念ながらそんなことはなかった。

「あはは、ありがとうアグネスさん。貴族と平民だけど、一応幼馴染みみたいなもんだもんね」

無自覚にそんなことを言うコリン。

「い、一応……」

「ん？」

アグネスとしては、大切な幼馴染みで初恋の人であるのに、当の本人から『一応』幼馴染み『みたいなもの』と言われてしまった。

落ち込んでしまうアグネスを、不思議そうに見るコリン。

馬車の中で、いかにも初々しいやり取りをしている二人だったが、アグネスはコリンばかり見ているのですっかり忘れている。

貴族令嬢の乗る馬車には、当然のようにお側付きの人間が乗っていることを。

そのアグネス付きの侍女は、好意を寄せている男の子とのやり取りを生温かく見守っているのだった。

◆

次の日から、伯爵令嬢であるアグネス以外に、男子でしかも平民であるコリンもメイの側にいるようになった。

その事実に、学院中が騒然となった。

今までメイと特別仲良くしている男子生徒はいなかった。

それが突然、男子生徒の一人を側に付けるようになった。

これはもしや……。

そんな疑念が男子生徒の間に渦巻くことになった。

そしてこのことは、今までコリンを目《め》の敵《かたき》にしてきた貴族家の男子にとって許せない出来事だった。

「アイツ……メイ姫様にまで取り入りやがって！」

実際は、メイが強引にコリンを側に置いているのだが、そんな事実を彼らは知りようもない。

平民のくせに自分たちより裕福で、かの英雄の一族とも所縁《ゆかり》がある。

その上、王族にまで取り入った。

いや、自由恋愛が推奨されるアールスハイドにおいては、将来のパートナーになる可能性すらある。

そこまで考えた彼らは、自分たちより遥かに高いステイタスを得ようとしているコリンのことが、今まで以上に許せなくなってしまった。

貴族がどうとか、平民がどうとかの話ではない。

人間は、自分よりも高いステイタスを持っている人間に対して、嫉妬し蹴落《けお》としたくなる生き物なのだ。

ましてや初等学院生。

自制など利くはずもない。

彼らは、如何《いか》にしてコリンを蹴落とすか、そればかりを考えるようになった。

だが、やはりそこも初等学院生。

コリンを蹴落とすといっても、考えつくことは、嫌がらせをしたり直接暴力に訴えたりすることしかなかった。

だが、コリンが常にメイと一緒にいるようになった現状ではそれすらも難しい。

蹴落としてやりたいのに何もできない。

彼らの目に映るのは、コリンの話に目を輝《かがや》かせるメイの姿。

それはまるで、メイがコリンに恋をしているようにも見えた。

実際は、コリンが話すメリダやマーリンの昔の話や、シンの幼いころの話に目を輝かせているのだが。

コリンをイジメていた貴族家の男子たちは、日に日に焦燥《しょうそう》を募《つの》らせていく。

このままでは、メイとコリンがくっ付いてしまう。

そんな思いに駆られた彼らは、常にメイたちを監視するようになっていく。

そして、ついにコリンへ嫌がらせをする機会を見つけてしまった。

すべての授業が終わった放課後、日直だったコリンは担任に用事を言いつけられ、メイとアグネスはそれに付き合って一緒に教室を出ていった。

その際、コリンの鞄は教室に置きっぱなし。

そして、放課後であるため周りにはもう誰もいない。

これをチャンスと見た男子たちは、すぐさまコリンの鞄をロッカーの上に放り投げて隠してしまった。

……所詮、初等学院生なのである。

だが当の本人たちは、充足感《じゅうそくかん》で一杯だった。

「へへ、コリンの奴、ざまあみろ」

「アイツ生意気だよな」

「私たちに逆らったらこうなるんだ」

他人を蹴落としたいのに、やることは鞄を隠すという嫌がらせ。

この辺り、やはり育ちのいいお坊ちゃまなのだ。

だが、この稚拙《ちせつ》な悪戯《いたずら》が、大きな騒動になるとは彼らはまだ知らなかった。

「ありがとうございます、メイ姫様。お陰で早く済みました」

「うふふ、いいんです！　私も日直のお仕事をやってみたかったです！」

「そういえば、メイ姫様は日直を免除されていますものね」

「別に免除しなくていいですのに」

「あはは、さすがに王族の方に雑用はさせられませんよ」

王侯《おうこう》貴族《きぞく》や裕福な商人の子供が通う学院とはいえ、日直制度はある。

こういった雑用仕事も含めて教育なのである。

だが、さすがに王族にそういった雑用をさせるのは憚《はばか》られるため、メイは日直を免除されていた。

そこへ、知り合いになったコリンが日直になったため、是非一緒に雑用をしたいと名乗り出たのだ。

アグネスはそれに付き合わされた格好である。

そうしてワイワイと喋《しゃべ》りながら教室に戻って来た三人。

メイは異空間収納に鞄を入れているが、アグネスとコリンは机に鞄を取りに行った。

そして、それにすぐ気付いた。

「あれ？」

「どうしたです？」

コリンの困惑した声を聞いたメイがすぐに訊ねた。

「あ、いえ……鞄が……」

「鞄がどうかしたんですの？」

自分の鞄を取りに行っていたアグネスもコリンの側にやってきた。

そんな二人を見ながら、コリンは困った顔をして言った。

「鞄がないんです……」

「「ええ⁉」」

コリンの言葉に驚くメイとアグネス。

そんな二人をよそに、コリンはもう一度机を確認してみる。

「あれ？　机を間違えた？　……いや、ここで合ってるよね……」

自分の机を間違えたかと確認してみるが、やはり間違えていない。

もしかして盗まれた？

だが、いかに大商会の子供とはいえ学院に金目のものなど持ち込まない。

鞄には学習道具以外は入っていないので、盗まれたとは考えにくい。

となると……。

「ああ……またやられちゃったかな……」

その言葉をアグネスは聞き逃さなかった。

「また？　コリン君、なにか心当たりがあるんですの？」

「うん……ちょっと前まで、よく物とか隠されたりしてたから……」

その言葉を聞いて、アグネスは憤慨《ふんがい》した。

「アイツらね！　鞄を隠すなんてサイテー‼」

思わず口調が乱れるほど怒るアグネス。

そして、それはメイも同じだった。

「なんでこんなことするですか！　もう怒ったです！」

「メイ姫様！　アイツらをとっちめに行きましょう！」

「です！」

「わあっ！　ちょ、ちょっと待ってください！」

義憤《ぎふん》に燃える少女二人を、被害者であるコリンが慌てて止めた。

「なんで止めるですか！」

「そうよ！　コリン君にこんなことするなんて許せない！」

メイは、王族としてこんなことをする人間が許せないため。

アグネスは、自分の好きな男の子に意地悪をする奴らが許せないため。

それぞれの理由で大変怒っていたのだが、コリンだけは冷静だった。

「証拠《しょうこ》がありませんよ！」

コリンの言葉を聞いて、二人はハッと気が付いた。

「確かに、僕は彼らの目の敵にされていましたけど……だからといって、それが証拠にはならないでしょう？」

「それはそうですけど……」

「でも！　絶対アイツらに決まってるわ！」

少し落ち着いたメイに比べて、アグネスの方はいまだに怒りが治まらない。

口調が乱れたままなのがその証拠である。

コリンは自分のためにこんなに怒ってくれるアグネスを見て、少し嬉しい気持ちになっていた。

鞄を隠されるという嫌がらせを受けている張本人なのにもかかわらず、この中では一番穏やかな気持ちになっているコリンは、怒りに震えるアグネスの肩をポンと叩いた。

「僕のために怒ってくれるのは嬉しいけど、証拠もないのに誰かを糾弾《きゅうだん》するのはダメだよ。それより、鞄を一緒に捜してくれないかな？」

最近はずっと一緒にいるとはいえ、そこは男子と女子。

身体が触れ合うスキンシップなど全くといっていいほどない。

そんなコリンに肩を触れられたことで、アグネスの怒りは一気に沈静化。

代わりに顔を真っ赤にする羽目《はめ》になった。

夕焼けが差し込む時間帯だったので、そのことはコリンにはバレなかったが。

メイにはバレバレだった。

期せずして発生したプチラブイベントに、メイもアグネスも、すっかり怒りを忘れてしまった。

「それじゃあ、僕はこっちを捜しますね」

「「え？」」

プチラブイベントは、あっけなく終了してしまった。

メイとアグネスは、そのことに若干不満を持ちながらも、一緒に教室中を隈《くま》なく捜し始めた。

他の机の中や教卓の中、教室の後ろにあるロッカーの中まで調べたが、どこにもない。

しばらく捜していた三人だったが、やがてコリンがあることに気付いた。

「あ、そういえば、ロッカーの上は見てなかった」

「上です？」

「あ、そうですわね」

コリンは、靴を脱いで教室の前方にある机の上に乗った。

「わっ！　と」

「あ、危ない！」

机の上で少しバランスを崩したコリンに、アグネスは思わず駆け寄った。

「とと、大丈夫だよアグネスさん。でも、できれば机を押さえていてくれない？」

「ええ。構いませんわ」

「うーんっと……」

机の上に乗ることでロッカーの上まで見えるようになった。

そして。

「あ、あった！」

ロッカーの上に放り投げられた鞄を発見したのである。

「良かったです！」

「じゃあ、早く鞄を取って帰りましょう」

「そうだね」

そうして、コリンたちは教室の一番後ろにある机をロッカーの近くまで持っていき、その上に乗って鞄を取ろうとしたのだが……。

「うーん……」

「取れますか？」

「いや……ちょっと届かない……」

コリンが机の上に乗って手を伸ばすが、ギリギリ鞄に届かない。

ここで、自分たちで取るのではなく、大人……教師に頼めば済んだ話である。

だがコリンは、あまり大ごとにはしたくなかったので自分で取ることにこだわってしまった。

「しょうがない、机の上に椅子を乗っけよう」

「だ、大丈夫です？」

「危ないですわ！」

「大丈夫。しっかり持っていてね」

コリンはそう言うと、机の上に椅子を乗せ、さらにその上に乗った。

その甲斐あって、コリンの手はロッカーの上にあった鞄に届いた。

「取れた！」

だが、机の上に椅子を乗せるというのは、やはり不安定だったのだろう。

鞄を取った動作で、バランスを崩した。

「わっ！」

そしてコリンは咄嗟《とっさ》にロッカーの天板を手で押さえた。

その結果……。

「あ、危ない！」

机の上に乗せた椅子が崩れ、ロッカーが倒れてきた。

それも、運悪くメイのいる方へ。

「メイ姫様！」

その光景に、思わずアグネスは叫んだ。

だが、メイの取った行動は迅速《じんそく》だった。

咄嗟に風の魔法を起動し、倒れてくるロッカーにぶつけ、落ちてくるコリンを別の風の魔法で優しく包んだ。

その結果、倒れるはずだったロッカーは元の位置に戻り、床に叩きつけられるはずだったコリンは何事もなく床に転んだ。

一瞬の出来事に、アグネスは思わず口をアングリと開けてしまい、コリンは呆然《ぼうぜん》としてメイを見てしまった。

注目されているメイはといえば。

「ふー、危なかったです」

今成したことなど、別に大したことではないように軽くそう言った。

だが、実際にメイの魔法を目の前で見た二人はそれどころではない。

「「メイ姫様すごい……」」

「ん？」

自分がしたことの凄さなど全く自覚していないメイは、尊敬の目で見てくるアグネスとコリンを見て、不思議そうに首を傾げるだけだった。

そして、自分が魔法をぶちかましたロッカーを見て。

「あちゃ」

と、自分の頭を叩いた。

そこにあったのは、風の魔法を当てられて大きく歪んだロッカーだった。

緊急事態だったとはいえ、学院の器物を破損してしまったのだ。

「しまったです。ロッカー壊しちゃったです」

「あ、あれはさすがに仕方なかったと思いますわ」

「そ、そうですよ！　あのままだと、メイ姫様にも危険が……」

メイを擁護《ようご》するアグネスとコリンだが、コリンの方は台詞の途中から段々と小声になっていった。

「どうしたです？」

「……いえ、僕の浅はかな行動のせいで、メイ姫様を危険に晒してしまったので……」

「それこそしょうがないです。手が届かなかったですから」

「でも！　先生を呼んでくれればよかったのに……」

そう言って落ち込むコリンだったが、メイは笑って言った。

「そんなこと考えもつかなかったですよ。あのときは、あれしか方法が思い付かなかったですから。私も同罪です」

「そ、そんなことは！」

「はいはい。お互い怪我もなかったですし、これはこれでおしまいです」

この話はこれでおしまいとばかりに手を合わせ、コリンの反論を封じるメイ。

「さて、帰りましょう！」

そう言って二人に帰宅を促《うなが》すメイだったが……。

当然、これでおしまいになどなるはずはない。

「おい！　今の大きな音はなんだ⁉」

メイのいる教室に、教師が数人息を切らせて走り込んできたのだ。

「ふえ？」

ロッカーが壊れるほどの風の魔法をぶつけたのである。

それは大きな音が学院中に響いたことだろう。

その音を聞きつけ、慌てて教師たちがやってきたのだ。

「姫様⁉」

「今の音は一体……うおっ！　なんでロッカーがこんなに壊れてるんだ⁉」

「ま、まさか賊《ぞく》が⁉」

「なんだと⁉」

どんどん事態が大ごとになっていく様子を見て、メイが慌てて釈明した。

「ち、違うです！　私がロッカーに風の魔法をぶつけたです！」

その説明を受けて、教師たちは目を見開く。

「ひ、姫様が？」

「一体どういうことです？」

「そ、それは……」

　本当は、コリンの希望で大ごとにはしたくなかったのだが、教師たちに問い詰められれば正直に話すしかない。

　三人が事の次第を説明すると、教師たちの顔がみるみるうちに怒りに歪《ゆが》んでいった。

「なんという卑劣《ひれつ》な真似を！」

「結果的に姫様を危険に晒すとは！　どこのバカだ！」

　怒りに震える教師を見て、これは大ごとになると感じたコリンは、思わず声をあげてしまった。

「あ、あの！　僕が悪いんです！　僕が先生を呼びに行っていれば！」

　これはひどく怒られるなと覚悟したコリン。

　そんなコリンを庇《かば》うように、メイとアグネスも声をあげた。

「わ、私も思いつかなかったですから、私も悪いです！」

「私もそうですわ！　あのときはそれしか方法を思いつかなかったのですもの！」

　コリンの軽率な行動を叱《しか》るつもりだった教師陣は、必死にコリンを庇うメイとアグネスを見てフッと笑みをこぼした。

「ハーグ。確かに軽率な行動だったな」

「……はい」

「だがお前は、我々に頼らず、自分にできる最善を尽くそうとしたのだろう？」

「結果としてそれは間違いだったわけだが、その姿勢は評価できる」

「えと……はい」

「え？」

「とはいえ……」

ゴチッ！

「いた！」

「姫様を危険に晒したことは頂けない。これだけで済んで幸運だと思え」

「……はい」

「それから姫様」

「は、はいです！」

「……危険なことはなさらないで頂きたいですな」

「ご、ごめんなさいです……」

「ドネリーも、自分がおかしいと思ったら、たとえ姫様でも意見することを怠《おこた》ってはいけないぞ。それが今回のように姫様の危険に直結することだってあるのだからな」

「……申し訳ございません」

結果として怒られてしまったが、思ったより軽く済んだ。

そのことに三人はホッとするが、教師たちの方はそれでは済まなかった。

「それにしても……姫様のお側付きになったハーグにこんな嫌がらせをするとは！　なんとしても犯人を見つけなければ！」

「え？」

「そうだな。それが結果として姫様を危険に晒したのだ。草の根分けても捜し出す！」

「警備局に連絡を取ろう。場合によっては近衛騎士《このえきし》たちにも動いてもらわねば」

「「ええ⁉」」

三人の見ている前で、どんどん大ごとになっていく。

そのことに三人は、困惑を隠しきれないでいた。

「こんなことになるなんて……」

これはもはや、コリンが大ごとにしないでと言っても無理だ。

よりにもよって王族が危険に晒されたのだ。

犯人を見つけるまで治まらないだろう。

そして、メイは別の理由で困惑していた。

「え……コリン君、いつの間に私のお側付きになったです？」

「え？　そっちですの？」

メイの困惑の理由に、アグネスが思わずツッコんだ。

確かに、周りからコリンはメイのお側付きだと思われているが、実際はメイにせがまれて父親から聞いた話をしているだけだ。

いつの間にそんなことになったのか、メイにとってはそのことの方が不思議だった。

ともかく、メイたちの困惑をよそに、もとはただの嫌がらせだったものは、王族を危険に晒した大事件として警備局や近衛騎士まで出張ってくる大騒動となった。

調査が入っていた期間は、学院に警備隊員や近衛騎士が出入りし、非常に物々《ものもの》しい雰囲気が漂っていた。

コリンに嫌がらせを仕掛けた貴族家の男子たちは、いつ自分たちに捜査の手が回るかと始終怯《おび》えて暮らす羽目になった。

だが、元は鞄をロッカーの上に隠しただけの事件である。

そんなものに証拠らしい証拠など残っておらず、結局捜査は行き詰まり事件は迷宮入りすることになってしまった。

この結果に、ただの嫌がらせで同級生が捕まってしまうのはいくらなんでも行き過ぎだと思っていたコリンは少し安堵し、自分を危険に晒したという理由で大捜査網《だいそうさもう》がしかれたことに困惑していたメイも胸を撫で下ろした。

アグネスは、本音を言えば犯人が捕まっても構わないと思っていたが、コリンとメイがそれを望んでいないので、口を噤《つぐ》んでいた。

そして、嫌がらせをした当の本人たちは……。

あまりのストレスから体調を崩し、しばらく学院を休んだ後『家庭の事情』で転校していった。

少年たちが親に事情を説明し、その結果転校することになったのか。

それとも、本当に家庭の事情だったのかは分からない。

だが、コリンを目の敵にするグループがいなくなったことで、コリンの学院生活によようやく平穏が訪れたのだった。

そのことを誰よりも喜んだのは、コリンではなく、アグネスだった。

第二章　おうじょさまの秘密

夏季休暇が終わってしばらく経ったころ、世界の情勢が大きく変化した。

アールスハイドが発案した世界連合が成立したのである。

その連合の立役者《たてやくしゃ》となったのが、国民たちの敬愛《けいあい》する王太子、アウグストであったことから、国民たちはこぞってアウグストを褒《ほ》め称《たた》えた。

そして、世界連合軍による魔人領攻略作戦が開始され、その旗頭《はたがしら》としてすでに魔法使いの王という意味の『魔王』の二つ名を得ているシンが、さらに『神の御使《みつか》い』として祭り上げられた。

自国の王太子と英雄が世界連合の中心にいることで、アールスハイド国民たちの間で魔人領攻略作戦の動向が話題にのぼらない日はなかった。

その風潮は初等学院にも広がっており、普段は読まないであろう新聞を自宅から持ってきたりする生徒まで現れる始末。

それほど注目されていたのだった。

そんな中、アールスハイド王立アールスハイド初等学院では、メイが同級生たちに囲まれていた。

というのも、アウグストが夏季休暇中に各国を回り、連合結成に向けて尽力《じんりょく》していたことは国民も知っているのだが、その旅にメイも同行していたことが判明したのだ。

同級生たちは、アールスハイド国内の旅行ならしたことはあるが、外国には行ったことがない者がほとんど。

色んな外国を見て回ってきた者など、彼らにとってヒーローなのだ。

「それで？　ダームはどんな所だったんですか？　メイ姫様」

「えーっと。大きな神殿がいっぱいあったです」

『おお～』

「それで、シンお兄ちゃんたちと一緒にイース様の生家にも行ったです」

「ええ⁉　ほ、本当ですか⁉」

「羨《うらや》ましい！」

「ああ、一度でいいから行ってみたいものですわ」

伝説の殉教者《じゅんきょうしゃ》、イースの生家は、創神教《そうしんきょう》の教徒にとって一生に一度は訪れてみたい聖地。

そこにこの歳で行ったなど、同級生たちにとっては羨ましすぎるのだが……。

「でも、意外とショボかったですよ？」

『……』

思い切りぶっちゃけてしまうメイに、分かっていても言わないで欲しかったと思う一同。

もちろん、そんなことは口に出さないが。

「あと、ダーム大聖堂に行ったら、結婚式をしてたです」

「ダ、ダーム大聖堂で結婚式⁉」

「素敵！」

これまた、創神教徒にとって聖地ともいえる場所で行われる結婚式など、女子たちにとっては憧れ以外の何物でもない。

これにはさすがのメイも感動したらしかった。

「花嫁さんが綺麗だったです。それを見たシンお兄ちゃんとシシリーおねえちゃんがラブラブしてて、ちょっと恥ずかしかったです」

綺麗な大聖堂で行われる綺麗な結婚式。

メイも女の子として、感動しながら見ていたのだが、シンとシシリーが人目も憚《はばか》らずイチャイチャし始めたので非常に恥ずかしかった思い出がある。

同級生たちは、そのことにも驚いたようだ。

「魔王様と聖女様の仲睦《なかむつ》まじい姿をお近くで見られるなんて」

「羨ましいです！」

メイの経験した全てが羨ましいらしい。

その後も、カーナンでアルティメット・マジシャンズが羊の魔物を狩るところを見ていたこと。

クルト王都で自分の発言から騒動を起こしてしまったこと。

そのクルトに魔人の集団が攻めてきて、それを退《しりぞ》けるところを見たことなどを話していくメイ。

メイの語る全てがまるで物語のようであり、自分たちでは決して体験できない経験であることから、憧れたり、感動したり、羨ましがったりする同級生たち。

そんな羨望《せんぼう》の眼差《まなざ》しを一身に受けるメイだったが、実は本人は少し不満に思っていることがあった。

それは……。

「メイ姫様。今日の新聞にもアルティメット・マジシャンズのご活躍が載《の》ってますわよ」

「凄いなあ。また魔物をたくさん討伐《とうばつ》したと書いてありますよ。あ、マリア様が『戦乙女』という二つ名で呼ばれているとも書かれてあります」

シンの開発した通信機。

その通信機によって、戦場とは遠く離れたアールスハイド王都にもリアルタイムで戦況が伝わってくる。

その情報が逐一《ちくいち》新聞で報道されるのだ。

だがメイは、新聞を読んで興奮しているアグネスやコリンとは違い、ちょっと複雑な顔をしていた。

「どうされたのですか？　メイ姫様」

「なんだか難しいお顔をされていますが……」

アグネスとコリンも、メイのその様子には気が付いており、国中がこの快進撃に沸《わ》いている中で、どうして難しい顔をするのか理解できなかった。

そんな二人に、メイは自分の心情を話し始めた。

「えっとですね、シンお兄ちゃんたちが活躍しているのは、私も嬉しいですけど……」

「けど？」

次にメイの口から出てきたのはとんでもない発言だった。

「私も、魔物討伐に行きたかったです！」

「「……」」

メイから飛び出した発言に、思わず口を開けたまま硬直《こうちょく》してしまうアグネスとコリン。

「だって、シンお兄ちゃんたちは、夏季休暇中もたくさん魔物を狩ってたです。でも、私にはまだ早いからって攻撃魔法は教えてくれなかったです！　私も攻撃魔法を覚えて魔物を狩りたいです！」

とんだ戦闘狂《せんとうきょう》のお姫様である。

そのメイの発言に対し、思わずアグネスとコリンも強い口調でメイを窘《たしな》めた。

「何を言っているのですか！　メイ姫様！」

「そうですよ！　どこの世界に、十歳で魔物を狩る人がいるんですか⁉」

「シンお兄ちゃんは十歳で熊《くま》の魔物を討伐してたです！」

「「あの方は特別です！」」

「むうう！」

魔人領攻略作戦が開始されたころといえば、シンを主人公とした『新・英雄物語』が発売された直後である。

その本には、シンが幼いころから賢者マーリンの英才教育を受けており、十歳で熊の魔物を討伐したことも書かれている。

通常なら、そんな馬鹿なと一笑《いっしょう》に付《ふ》される話なのだが、実際にアールスハイド高等魔法学院に現れた魔人を、単独で討伐している。

そして、スイードとクルトに現れた魔人も圧倒したという話から、シンだったら不思議じゃないという空気ができ上がっていた。

アグネスとコリンもそうである。

だが、メイは違っていた。

メイにとって、シンは手の届かない英雄ではない。

いつも自分のことを気にかけてくれて、魔法が上手に使えれば頭を撫《な》でて褒めてくれる。

優しく、大好きなお兄ちゃんなのだ。

メイは、そんな大好きなシンお兄ちゃんと同じことがしたかったのだ。

だが、シンたちの合宿中にそのことを話したら、兄や父から大反対されたのだ。

自分も魔物を狩れるようになればシンの役に立てると思っていたメイは二人と言い争ったのだが、そこにメリダも参戦してきて、説得されてしまったのだ。

ちなみに、そのときの会話はこんな内容だった。

◆

「いいかい、メイちゃん。アンタがシンのことを大好きで、シンと同じことをしたいと思う気持ちも分かる。けどね、この子は特別……いや、特殊なんだよ」

「特殊？」

首を傾《かし》げるメイに対して、側にいたシンを見ながらメリダは言った。

「ああ。この子はねえ……いつの間にやら、見様見真似《みようみまね》で魔法を覚えてしまったんだよ」

「そういえば、そんなこと言ってたです」

メイは、クロードの屋敷《やしき》で行われたシンとシシリーの婚約パーティーの際に、そんな話があったことを思い出した。

「アタシらも、そりゃあ驚いたさ。だけど覚えちまったもんはしょうがない。せめて暴走させないようにと魔法の基礎を教えてやったら、この爺《じい》さんが……」

そう言って、マーリンを睨《にら》むメリダ。

「な、なんじゃ」

「まったく自重《じちょう》しないで次から次へと魔法を覚えさせちまったもんだから、そのうち勝手に魔法の開発までしはじめちまったのさ」

「後悔はしとらん」

胸を張ってそう言うマーリンに、メリダのこめかみに青筋が立った。

「このくそジジイ……後で覚えときな！　っと話が逸《そ》れたね。そんなわけでね、シンがメイちゃんと同い年だったころには、もう色んな魔法を自分で作っちまってたのさ」

「自分で……」

「メイちゃんは、まだそんなことできないだろう？」

「はいです……」

「じゃあ、シンと同じことをするのは無理だよ。分かるだろう？」

「……はい」

「うん、いい子だ。やっぱりメイちゃんは、シンと違って素直だねえ」

「なんだよ、俺が素直じゃないっての？」

「……自分の好奇心には素直な子だね」

「まあね」

「ちょっとは自重しな！　このお馬鹿！」

◆

と、このように諭《さと》されてしまったのだ。

確かにメリダの言い分も分かるし、あのときは納得した。

だが、合宿中、一緒に魔法の訓練をしていた人たちが魔物や魔人を次々と倒し、世界を救うために戦っている。

そんな姿を見ていると、自分だけ置いてけぼりにされた気分になってしまったのだった。

「私も、シンお兄ちゃんたちと一緒に、世界を救いたいです……」

そんなメイの呟《つぶや》きを耳にしたアグネスとコリンは。

「「いやいやいや！」」

揃《そろ》ってメイの発言を否定した。

「私たち、まだ、初等、学院生！」

「魔物、戦う、無理！　絶対！」

なぜかカタコトになりながら、必死にメイを思い留まらせようとした。

「そんなことないですのに」

「「そんなことありますから‼」」

「むう」

友達二人にも否定されてしまったメイは、頬《ほお》を膨《ふく》らませて拗《す》ねてしまうのだった。

そして、そうこうしている内に、魔人領攻略作戦に大きな動きがあった。

それは、魔人たちが根城《ねじろ》にしている街を発見したとの報《ほう》だった。

その記事に、アールスハイド国民たちは緊張し、この作戦が大詰めにはいったことを予感した。

そして、その魔人たちを殲滅《せんめつ》したことで、魔人領攻略作戦に終わりが見え始めたと報道され、国中……いや世界中が歓喜に沸いた。

魔人たちを討伐し、今やお目にかかれただけでありがたがられるほどの英雄となったシンたちを見て、メイはある決意を胸に秘めた。

そう。

攻撃魔法を教えてもらおうと思ったのである。

◆

攻撃魔法を教えてもらうとして、本当ならシンに教えてもらいたいところなのだが、そうすると兄であるアウグストにすぐバレそうな気がする。

なんだかんだ言って、シンとアウグストの仲は良いのだ。

ということで、止むなくシンは除外した。

となると、メイのお願いを聞いてくれそうな人物は……。

「メイ姫様〜。遊びに来たよ！」

「今日は大丈夫？」

「あ、アリスおねえちゃん！　リンおねえちゃん！」

その日、偶々《たまたま》遊びに来ていたアリスとリン。

この二人は、年末のシンの誕生日の際、メイにいくつかの魔法と付与魔法を教えてくれた。

この二人なら、頼めば攻撃魔法を教えてくれるのではないか？

そう思ったメイは、思い切って話を切り出した。

「アリスおねえちゃん、リンおねえちゃん。お願いがあるです」

「ほえ？」

「なに？」

こうしてメイは、一番頼んではいけない人物から攻撃魔法を教えてもらうことになったのだった。

◆

シンが王都に現れ色んな噂を振り撒いたり、魔人が出現したり、それがシンに討伐されたり、さらに魔人が現れて帝国を滅亡させたりと、激動の一年が明けたアールスハイド王都は、ある噂で持ち切りだった。

その噂とは、奇妙な格好をした女の子の三人組が王都の悪者を成敗《せいばい》して回っているというものだった。

魔人領攻略作戦が終結に向かっているアールスハイド王都では、次の話のネタを探していたのであろう。

その噂は瞬く間に王都中に広がっていった。

そしてそれは、同じく王都に住むアグネスやコリンの耳にも当然入っていた。

「ねえコリン君、例の噂知ってます？」

「噂？　って、例の奇妙な格好をした女の子たちのこと？」

その日、コリンはアグネスの家であるドネリー伯爵家《はくしゃくけ》を訪れていた。

ドネリー伯爵家は、コリンの父の取引先である。

幼馴染みであるコリンとアグネスは、こうしてたまにお互いの家に遊びに行ったりする仲なのだった。

両家の両親は、あわよくば二人が……と考えているのだが、そのことは内緒にされている。

今日も遊びに来ていたコリンに、アグネスは最近王都で話題になっている女の子たちの話題を持ち掛けた。

アグネスも、アルティメット・マジシャンズ以降の話題に飢《う》えていたのである。

「そう。何者なんでしょうね？」

「さあ？　でも、悪者を成敗して回ってるってことは悪い人たちじゃないんじゃない？」

「そんなこと分かってますわ。私が言っているのは、その女の子たちの正体が何者なのかということですわ」

「うーん、実際に見たわけじゃないからなあ」

「見てみたいですわね、その女の子たち」

コリンは、アグネスの意外なアグレッシブさに驚いた。

「ええ？　でもその女の子たちが現れるのって犯罪の現場だよ？　彼女たちを見るってことは、犯罪の現場に居合わせるってことだよ？」

「もー。コリン君は正論すぎますわ。もしかしたら、偶然見かけることもあるかもしれないじゃないですか」

「そんな偶然あるかな？」

「メイ姫様がいらっしゃれば、きっと賛同してくださったのに」

「しょうがないよ。王女様なんだし、何かとお忙しいんだよ」

今日は一人（護衛《ごえい》はいるが）でアグネスのところに遊びに来ているコリンだが、本当はメイも誘っていた。

だがメイは、年明け以降非常に忙しいらしく、中々アグネスたちと遊ぶ機会がない。

いつもなら王城までついて行くアグネスも、年明け以降は王城にすら行っていなかった。

ずっと一緒にいた友人としては少し寂しいところだが、アグネスにとっては決して損

なことはない、

「……まあ、私はコリン君と二人きりになれてラッキーですけど……」

「え？　何か言った？」

「いえ！　なんでもありませんわ！」

「そう？」

ポツリと呟いたアグネスの独り言は、幸いコリンの耳には届かなかったようだ。

まるで、アグネスが好きな小説に出てくる鈍感で難聴《なんちょう》な主人公のようなことを口にするコリン。

そんな所ですら、アグネスにとっては可愛く見えてしまう。

アグネスにとってこの状況は、ご褒美以外の何物でもないのだ。

とはいえ、せっかく話題を振ったのだから、例の女の子たちについてもう少し話を広げることにした。

「ねえコリン君。今から街に出てみませんか？」

「え？　街に？」

アグネスからの突然の申し出に、思わず首を傾げるコリン。

「ええ。久し振りに街でお買い物もしたいですし、ひょっとしたら例の女の子たちにも会えるかもしれないじゃないですか」

「うーん……」

アグネスの提案に、悩んでしまうコリン。

こう見えても、アグネスは伯爵家の御令嬢《ごれいじょう》。

しかもまだ初等学院生。

平民の子供とは違い、おいそれとは外出などできないのだ。

シシリーとマリアは二人で外出していたが、あれは二人とも中等学院生だったし、自衛のためなら行使《こうし》を許されている魔法を、高等魔法学院を受験するほどに使えるから。

自分で身を守る術のない裕福な家の子供。

悪い人間にとっては格好の餌食《えじき》である。

そうやって悩んでいるコリンも、アールスハイド有数の大商会の令息《れいそく》。

こちらも立場的にはアグネスとそう変わらない。

現に今日も、友達の家に遊びに来ているだけだというのに、護衛が付いており、歩きではなく馬車で送られている。

アグネスの提案する街での買い物には、護衛の許可が必要なのだ。

コリンは、アグネスと会っている部屋の片隅《かたすみ》で待機しているドネリー家、ハーグ家の護衛たちに顔を向けた。

「ねえ。アグネスさんが、街に買い物に行きたいって言ってるんだけど」

「買い物ですか……」

コリンの問いかけに、ハーグ家の護衛の男性が応えた。

「うん。最近行ってなかったからって。ダメかな？」

そうお願いされた護衛の男性は、もう一人の護衛であるドネリー家の護衛と顔を見合わせた。

そして、少し話し合いをした結果。

「いいですよ。ただし、回るお店はこちらで指定させて頂きますが」

「本当ですか？　それじゃあコリン君、早速行きましょう！」

「え⁉　今から⁉」

「急がないと日が暮れてしまいますもの！　さあ、早く行きましょう！」

今はまだお昼過ぎ。

なのに日が暮れてしまうとは……。

コリンは、これから散々アグネスの買い物に付き合わされるのだなと、諦《あきら》めにも似た感情を抱きながら、アグネスに手を引っ張られていった。

「うー、いませんわねえ」

「そんなすぐに見つからないと思うよ？」

馬車に乗ってドネリー家を出発した直後から、アグネスは馬車の窓に張り付き、ずっと車外を見張っていた。

例の女の子たちを捜しているのである。

だが、ここアールスハイド王都は、数十万の人間が住む大都市である。

当然、面積も広い。

そして、例の女の子たちはたった三人。

会える確率など、ほとんどない。

だが、ほんの僅《わず》かな偶然《ぐうぜん》にかけて、アグネスはずっと窓の外を見続けるのだった。

そして、馬車は目的の店に着いた。

「……もう着いてしまいましたわ」

「そりゃあ、ここのお店、ドネリー家から近いもの」

すごく残念そうにしているアグネスを見て、コリンは思わず苦笑してしまった。

「……いっそ、王都中を馬車で走り回るということも……」

「ダメですよ、お嬢様。そんなことをすれば、お父様に叱られますよ？」

「はぁい」

護衛と一緒にいた侍女《じじょ》から窘められ、アグネスは渋々返事をした。

ちゃんと返事をしたアグネスを見て満足そうに頷いた侍女は、アグネスの機嫌を持ち直させるために話題を変えた。

「最近は、世間的なゴタゴタなどがあってゆっくりお買い物などなさっていなかったではないですか。久し振りのお買い物を楽しみましょう」

侍女のその台詞《せりふ》で、アグネスは気を取り直した。

「そうですわね。外商の方がお家に商品を持ってきてくださるのもよろしいですが、やはりお店を自由に見て回るのが一番楽しいですわ」

「そうですよ。思わぬ掘り出し物なんかもあるかもしれませんし」

「そうね。それじゃあお店を見て回るわよ！　コリン君、一緒に行きましょう！」

「え、わっ！」

アグネスに腕を取られ、店内を引っ張り回されるコリン。

店内を見て回っている最中、アグネスはずっとコリンの腕を取っているのだが、久々の買い物にテンションが上がっているアグネスはそのことに気が付いていない。

商品を手に取ってはコリンに意見を聞いているアグネス。

コリンも律儀《りちぎ》に、その全てに答えている。

その光景をドネリー家、ハーグ家の護衛は微笑《ほほえ》ましく見ていた。

「なんとも、いい雰囲気だな」

「ですね。このままお二人がくっついてくれればいいんですがねえ」

初々しい二人を見て、護衛たちはそんなことを思っていた。

この二人には、是非《ぜひ》とも一緒になって頂きたい。

今回のこれは、いわばデートだ。

このデートで少しでも仲が進展してくれればと、そんな願いを抱いていたのだが……。


その願いは、突然の騒ぎに打ち破られた。


客を装った男の一人が、突然女性店員を拘束《こうそく》し、大声をあげたのである。

「おい！　この女の命が惜しかったら、店にある金全部持ってこい！」

「キャアアアッ!!」

よく見ると、女性店員を拘束している男以外にも、剣を振りかざしている男が数人いる。

強盗だ。

「ま、待て！　落ち着け！」

「支配人……」

「ほう、テメエが支配人か。コイツを無事に返して欲しかったら、金持ってきな」

「分かった！　持ってくるから、彼女に危害を加えるなよ!?」

この店の支配人と思われる男性は、必死に犯人と交渉している。

従業員が拘束されているのだから当然だが、ちょっと必死すぎる感じもする。

そんな支配人を見て、拘束されている女性店員は、若干《じゃっかん》目が潤《うる》んでいる気もする。

なんとなくドラマがありそうだが、犯人は全く気が付いていない。

「さあなあ？　どうするかは、お前の態度次第だぜ？」

「くっ！　わ、分かった……おい、金庫にある金を持ってきてくれ」

「わ、分かりました」

支配人は、近くにいた別の従業員に、金を持ってくるように指示を出す。

だが犯人は意外と知恵が回るようだった。

「おっと、待て。おい、一緒に行って誤魔化《ごまか》されないように監視してこい」

犯人は仲間の一人に声を掛け、一緒に金庫に行くように指示を出した。

「おう」

あくまで、根こそぎ持っていこうとしているのだろう。

「大人しく言うことを聞けよお？　そうすりゃあ、この女も無事に戻れるし、俺たちはお金が手に入る。お互いハッピーじゃねえか」

「何を勝手なことをっ……」

犯人の身勝手な言い分に、身体を震わせる支配人。

そんなやり取りが繰り広げられている店内で、アグネスとコリンの二人は、護衛によって身を隠され、息をひそめてそのやり取りを見ていた。

「あわわ……ほ、本物の強盗ですわ……」

「うわあ、最悪……まさか、こんなのに遭遇《そうぐう》するなんて……」

生まれて初めて遭遇した強盗事件の現場に、アグネスは真っ青になってプルプルと震え、コリンは偶然遭遇したのが例の三人組ではなくこんな場面だったことを嘆いた。

護衛の二人はといえば、本当なら犯人の確保に動きたいところではあるが、護衛対象を放置してはおけない。

そして人質を取られていることもあり、迂闊《うかつ》に動けないでいた。

（くっ、どうする？）

（どうもこうもあるまい。ここは、支配人には申し訳ないが犯人が撤退するまで我慢《がまん》するしかないだろう）

コリンは、護衛の二人がそんなやり取りをしているのを聞き、ジッと息をひそめているのが正解だと、身動きしないようにしていた。

そんなコリンがふと隣を見ると、アグネスが小刻みに震えていた。

自分もそうだが、生まれて初めて遭遇した強盗事件現場。

その異常事態に、幼い少女の恐怖心はピークに達してしまったのである。

このままでは恐怖に駆られてパニックを起こすかもしれないと思ったコリンは、ある行動に出た。

「ふえっ⁉」

「シーッ！　静かに！」

「え、え？　あ、あの、コリン君……」

「大丈夫、大丈夫だから」

コリンは、震えるアグネスの肩に手を回し、そのまま自分の胸に抱きしめたのだ。

その行為は、コリンにとってはアグネスを落ち着かせるためと、パニックを起こさないように拘束するためだったのだが、アグネスにとっては意味が違う。

こんな極限状態の中で、恐怖に震える自分を抱きしめてくれるコリン。

それはまさに、物語に出てくる王子様のように感じられた。

油断せず、ジッと犯人を見るコリンと、その腕の中でトロンとしているアグネス。

この現場に似つかわしくないラブ空間に、護衛の二人は思わず苦笑してしまった。

こっちではこんなドラマが繰り広げられていたが、犯人たちの方にも動きがあった。

店員が金庫のお金を持って戻って来たのだ。

「おう、全部持ってきたか？」

「ああ。間違いねえ」

犯人の一人がそう言うと、金貨が大量に入った袋を見せる。

するともう一人、剣を抜いて店内を威嚇《いかく》していた男が口を開いた。

「へへ、じゃあそろそろお暇《いとま》するとしようぜ」

「ああ、そうだな」

犯人はそう言うと、女性店員を拘束したまま店の出口へと向かっていった。

そのことに慌てたのは支配人だ。

「おい、約束が違うぞ！　彼女を放せ！」

そう叫ぶ支配人に対して、犯人はニヤニヤしながら言った。

「約束ぅ？　そんなのしたか？」

「いやぁ？　そんなのした覚えはねえなあ」

「ふひっ、コイツも戦利品として貰っていってやるよ」

「い、いやっ！」

乱暴に犯人に引きずられていく女性店員が悲鳴をあげると、思わず支配人が女性店員の名前を呼んだ。

「キャシー！」

「いやあっ！　助けてアンドレ!!」

「キャシーーッ!!」

どうやら、支配人と女性店員は恋人同士だった様子。

その様子を見た犯人は、またニヤニヤしだした。

「へっへ。恋人の名前を呼びながら嫌がる女を屈服《くっぷく》させる……たまんねえな」

「おい、俺にも参加させろよ？」

「俺も俺も」

「き、貴様らあっ！」

犯人たちのゲスな物言いに、今にも血管が切れそうな支配人。

だが、相手は武器を持っている三人組である。

迂闊に手を出せば、支配人だけでなく女性店員まで危険に晒してしまう。

かといって、このまま見過ごせば彼女は犯人たちの慰《なぐさ》み者《もの》にされる。

固く握りしめた拳と、噛み締めた唇からは血が滲《にじ》んでいた。

支配人がどうしようもなく怒りに震えるだけの様子を見た犯人は、ヘラヘラしながら店の出入り口のドアを開けた。

「いやっ！　いやあっ！」

「じゃあな。金と女、ありがとギャボッ！」

ドアを開け、犯人が外に出ようとした瞬間、犯人の頭に何かがぶつかった。

「え？」

「きゃああっ！」

その勢いで女性店員を拘束していた犯人は吹っ飛び、女性店員も床に投げ出された。

「キャシー！　こっちへ！」

「アンドレ！」

拘束を解かれた女性店員が、一目散に支配人の胸に飛び込んでいく。

その一連の光景を呆然《ぼうぜん》と見ていた他の犯人たちは、ハッと我に返った。

「な、なんだ⁉　何が起こった⁉」

「誰だ⁉　出てこい！」

そう、犯人の男が叫んだときだった。


「そこまでだよ！」


突如、女の子の声が辺りに響いた。

「だ、誰だ⁉」

思わず叫んだ犯人たちの視線の先にいたのは、奇妙な格好をした三人の少女たち。

その少女のうち、赤色の服を着た少女が犯人をビッと指差して叫んだ。

「店のお金を盗んだあげくに、お姉さんまでお持ち帰りしようとするなんて！」

「最低です！」

「ゲスは死ね」

赤色に続いて、黄色と青色も次々と口を開く。

「な、なんだとおっ！」

「なんだよ、お前らは！」

三人の少女に口々に非難された犯人たちは、思わずそう叫んでしまった。

すると、その言葉を聞いた少女たちは、ニヤッと口元に笑みを浮かべると口上を述べ始めた。

「どんな悪事も見逃さない！」

「魔法の力で無理矢理解決」

「我ら！」

そして各々《おのおの》ポーズを取り。


「「「魔法少女キューティースリー!!」」」


そう叫んだ。

その光景を見ていた周囲の人間たちは、彼女たちの後ろに三色の爆炎があがるのを幻

視したとか、しないとか。

想定外の事態にフリーズしてしまっていた犯人たちは、ハッと我に返ると表情を怒りに変えていった。

「ふざけた格好でふざけたことぬかしやがって！」

「ガキが！　舐《な》めてんじゃねーぞ！」

犯人たちは、手に持った剣を振りかざし、少女たちに向かっていく。

だが。

「えい」

「ぎゃあっ！」

「たあっ！」

「ぶへっ！」

青色の放った水弾と、黄色の放った風の塊《かたまり》に顔を撃たれた犯人が、情けない悲鳴をあげながら最初に倒された犯人の側に倒れた。

そして。

「トドメだよ！」

赤色はそう言うと、気を失って倒れている三人に向かって炎の魔法を放った。

周囲の人間は、え？　止め刺すの？　と思ったが、赤色の放った魔法は犯人たちを吹き飛ばすほどの威力はなかった。

「「あっちゃああっ!!」」

火に巻かれた三人は、反射的に覚醒《かくせい》し叫び声をあげた。

「うるさい」

青色が再度水の塊をかなりのスピードで撃った。

「「ごぼぉっ!!」」

水の塊に撃たれた三人は再び気を失って倒れた。

幸い、赤色の放った火は消えたようである。

その光景を、周囲の人間はドン引きしながら見ていた。

一旦各個撃破され、火をつけて強制的に覚醒させられ、さらに水の塊を撃ち込まれて再度気絶させられる。

『うわあ……』

むしろ犯人が可哀想に思えるほどの蹂躙劇《じゅうりんげき》だった。

強盗犯が白目を剝《む》いて気絶しているのを確認した赤色は、助けた女性店員に声をかけようと店内に入った。

するとそこでは……。

「ああ、キャシー、良かった……」

「うぇえ、アンドレ、怖かったよお」

抱き合って無事を喜び合う支配人と女性店員の姿があった。

見たところ、女性店員に怪我《けが》はなさそうだが、一応声をかけておくことにする赤色。

「お姉さん、大丈夫？」

だが、女性店員から返事は返ってこなかった。

「ああ、アンドレ……離さないで……」

「もちろんだよ、キャシー……」

完全に二人の世界に入り込んでいたからである。

その光景に、口元をヒクつかせた赤色は、大きな声で叫んだ。

「おねえさんっ！　だいじょうぶですかっ⁉」

「「わあっ！」」

大きな声で叫ばれたことで、ようやく我に返った支配人と女性店員はバッと離れ、声をかけた赤色を見た。

「もう！　そんだけイチャつけるなら怪我はしてないね⁉」

「え、ええ。あの……」

「なに？」

「あなたが助けてくれたんですか？」

犯人と共に転がされ、その後支配人の腕の中にいた女性店員は、先ほどの一連の流れを見ていなかった。

なのでそう問いかけたところ、赤色は薄い胸を張って答えた。

「そうだよ！」

そして、その赤色に続いて青色と黄色も店内に入ってきた。

その三人組を見て、女性店員は例の噂を思い出した。

奇妙な格好をした三人組の女の子。

まさかこの目で見られるとは思いもしなかった女性店員は、噂通りの奇妙な風体に思わずお礼を言うのも忘れて問いかけた。

「あ、あなたたちは……」

一体何者なのかという意味で言ったのだが、三人組は妙なポーズをとって叫んだ。

「キューティーレッド！」

「キューティーブルー」

「キューティーイエロー！」

「「「魔法少女キューティースリー!!」」」

「……」

聞きたかった答えとは別の答えが返ってきたことで、また呆然としてしまった女性店員。

周りの人間も、ポカンとしている。

そんな周りには構わず、キューティーレッドと名乗った少女は、支配人に言った。

「悪者は成敗したので、あとは警備局に連絡して逮捕してもらってくださいね」

「あ、はい。分かりました」

非常識な外見とは違い、至って常識的なことを言われた支配人は、思わず普通に返事をする。

その返事に満足した三人は、そろそろお暇しようと周りを見た。

「それじゃあ、あたしたちはもう行くね！」

「お邪魔しました」

「それじゃあ、失礼しま……」

レッドとブルーが言った後にイエローが去り際の言葉を言おうとして、途中で止まってしまった。

「え？」

「ん？」

「イエロー、どうしたの？」

動きを止めてしまったイエローの視線を辿《たど》っていく、レッドとブルー。

その視線の先には、初等学院生と思われる男女がいた。

二人は、イエローを見て口をアングリと開け、呆然としている。

そしてイエローは……。

「あ、あわわわ……」

すっごい冷や汗をかいていた。

その様子を見て、レッドとブルーは即座に気が付いた。

（あ、あれ、イエローの知り合いだ）

そう気付いたので、レッドは早々にこの場を離れることにした。

「それじゃあ皆さん！　お元気で！」

「もう帰ります」

「あわわわ」

口々にそう言うと、三人は慌てて店の外に出ていき、何かしらの魔道具を発動させて一気に屋根の上まで跳躍《ちょうやく》し、そのまま去っていった。

後に残された者たちは、しばらく呆然としていたが、徐々に落ち着きを取り戻していった。

強盗犯三人を縛り上げ、警備局に連絡した人々は、ようやく先ほどのことについて話をし始める。

「あれが、今噂の女の子三人組か！」

「確かに、奇妙な格好をしてたわね」

「それにしても……魔法少女ってなんだ？」

「さあ……魔法が使える少女ではあったけど」

「確かに、凄い魔法だったよな」

今、王都で噂になっている三人組を目撃した人々は、口々にその話をし始める。

噂の通りに奇妙な格好。

しかし、その行動の内容は犯罪者を成敗する正義の行為。

目の前で強盗犯を取り押さえた現場を見た人々は、概《おおむ》ね好意的に彼女たちの話をしていた。

「ふう、やれやれ。何者かは知らないが、助かりましたね」

「ああ。それにしても……凄まじい魔法の腕前だったな」

「ええ。一体何者なんでしょうか？」

「さあな……」

ドネリー家とハーグ家の護衛たちも、キューティースリーの話をしているが、その護衛対象であるアグネスとコリンは、それどころではなかった。

「ねえ、コリン君……」

「……なに？　アグネスさん」

「あの、黄色の人……」

「アグネスさん」

「はい？」

「……誰にも言わない方がいいよね？」

「……そうですわね……」

王都で噂の女の子三人組。

魔法少女キューティースリー。

そのうちの一人が、どう見ても彼らの知り合いにしか思えなかった。

そして、そこにいてはいけない人物でもあったのだ。

アグネスとコリンの心は、このとき、正に一つになっていた。

（メイ姫様！　一体何やってるんですかあっ!!）

◆

「へっくち！」

「メイ姫様、風邪《かぜ》？」

「もう今日はやめる？」

強盗犯を成敗した後、キューティースリーの三人は、王都にある建物の屋根の上を飛び跳ねながらそんな会話をしていた。

するとと突然、イエローがくしゃみをしたので、レッドとブルーが立ち止まったのだ。

「だ、大丈夫です！」

イエローことメイは、レッドことアリスと、ブルーことリンに向かって大丈夫だと主張した。

だが、アリスとリンは、それ以外のことが気にかかっていたのだ。

「そういえばメイ姫様。さっきのお店にいたあの子たちさ」

「え⁉」

「知り合いでしょ？」

「はうっ！」

ピンポイントで核心を突かれたメイは、思わず変な声を出してしまった。

知り合いに、こんな格好で悪者退治をしているところを見られた。

それだけでも羞恥《しゅうち》に悶《もだ》えそうな案件なのに、あの二人の反応は……。

「あれって、多分気付いてたよね？」

「間違いないと思う」

「やっぱり、そうですよね……」

確実に、イエローの正体がメイであると確信している反応だった。

「あうう……どんな顔をして会えばいいか分からないですぅ……」

非道《ひど》く落ち込み、頭を抱えるメイ。

「笑えばい……」

「ストップ、リン！　それは解決策になってないよ！」

メイにアドバイスしようとしたリンを必死に止めるアリス。

「そう？」

「そうだよ！　それよりも、メイ姫様！」

「はい？」

アリスは、真剣な顔でメイに言った。

「誤魔化すんだよ！」

「は、はい？」

「正義のヒロインは、正体をバラしちゃいけないんだよ！」

「は、はいです！」

あのときの様子を見るに、確実にバレていると思われるのだが、アリスは絶対に誤魔化せと言う。

その迫力に、メイは思わず返事をしてしまったのだった。

「それに……」

「それに？」

「……知り合いにバレるのって、恥ずかしいよ？」

「確かに……アレは恥ずかしかった……」

アリスとリンの言葉には実感が籠もっていた。

なぜなら、アリスたちの活動のことは、すでにクラスメイトたちにはバレているのだ。

朝登校したときに、口々に言われた「おはよう、レッド」の言葉は、多分一生忘れないだろう。

「わ、分かったです！　絶対に誤魔化してみせるです！」

遠い目をしているアリスとリンを見て、絶対に誤魔化そうと心に決めるメイなのであった。

◆

次の日。

メイが学院に登校してくると、すでに登校していたアグネスとコリンが近付いてきた。

「お、おはようございます、メイ姫様」

「おはよう、ございます」

「お、おはようです！」

なんとなくぎこちない感じで挨拶《あいさつ》をしてきたアグネスとコリンに対し、勢いで乗り切ろうと大きな声で挨拶を返すメイ。

思い切り不自然であった。

そんなメイに一瞬たじろぎながらも、アグネスは意を決して聞いてみることにした。

「あ、あの」

「はい⁉」

アグネスの問いかけに、過剰なまでに反応するメイ。

その様子に、アグネスは確信めいたものを感じていた。

「き、昨日なのですが……」

「き、昨日は！　どうしても外せないお稽古《けいこ》があったです！」

内容を切り出す前に、自分から昨日は用事があったと話すメイ。

先んじて否定されてしまったアグネスだが、今回はすぐに引き下がらなかった。

「そ、そうですか……あの、その後お店などに行かれませんでしたか？」

「おみせ⁉」

思わず声がひっくり返るメイ。

だが、メイはあくまでしらを切りとおす。

「い、行ってないデスよ？」

動揺《どうよう》しすぎて、イントネーションまでおかしくなった。

視線も泳ぎまくって、怪しいことこの上ない。

そんなメイの様子を見て、これはどうしても知らない振りをするつもりなのだと感じたアグネスは、これ以上追及するのはさすがに失礼かと思い、諦めの溜《た》め息《いき》を吐《つ》いた。

「そうですか……」

だが、そんなアグネスを見て少し安心したのか、メイは余計な一言を言ってしまった。

「はいっ！　そうです！　そ、それがどうかしましたか⁉」

そのまま話を流せばそれで済んだのに、思わず理由を聞いてしまった。

あっ、と思うがすでに後の祭り。

対するアグネスの方は、まだ話を続けてもいいんだと思い、さらに言葉を重ねた。

「いえ、実は昨日、コリン君と洋服店に行ったのですが」

「ようふくてん！」

「ええ。その際、今王都で話題になっている三人組の女の子に遭遇したのですわ」

「へ……へェ……そ、ソウだったデスか？」

言葉が乱れまくって、何を言っているか分かりづらい。

「ええ。……メイ姫様は、ご覧になられたことはおありですか？」

「ございません！　です！」

ピンポイントでの質問に、とうとういつもの話し方まで変わってしまった。

その様子に、少し悪戯心《いたずらごころ》が湧いてしまったアグネスは、ちょっとからかってみることにした。

「非常に可愛らしい方でしたわ」

「え、えへへ」

分かりやすく照れるメイ。

その様子が可笑《おか》しくて仕方がないアグネスは、さらにからかってみた。

「あ、そういえば、顔は隠されていたので、分からなかったのでしたわ」

「今のは非道いです！」

アグネスに翻弄《ほんろう》されたメイは、思わず叫んでしまった。

「何が非道いのですか？」

「え⁉ い、いえ。何でもないです！」

「そうですか。メイ姫様も御一緒でしたらご覧になれたでしょうに、残念ですわ」

「そ、そうですね！ 残念です！」

ここまで聞いて、アグネスは、メイが例の魔法少女であることを隠し通すつもりなのを確信した。

これ以上追及するのもからかうのもさすがに失礼だと思ったアグネスは、ここで追及をやめた。

王族であるメイが、悪党退治という非常に危ないことをしていることは気になる。

だが、一緒にいた二人は、非常に優秀な魔法使いのようだった。

あれは、何か考えがあっての行動なのだろうと自分に言い聞かせることにしたのだ。

だが、実は今のやり取りで、メイの方にもアグネスに聞きたいことが出来てしまっていた。

「そういえば、昨日はコリン君と洋服店に行ったです？」

「え⁉」

「今、アグネスさんが自分で言ったです」

「あ！」

「デート？ デートです？」

「ち、ちがっ！」

まさか、メイから反撃を受けるとは微塵《みじん》も思っていなかったアグネス。

完全な不意討《ふいう》ちに、上手い言い訳が思い付かない。

しかも、昨日コリンと一緒に買い物に行ったことは、自分で言ったのだ。

完全な自爆である。

「ほらほら、キリキリ吐くです！」

「いや、その！ 違うんですう！」

結局、キャッキャとじゃれ合う二人を見てコリンは。

「なにやってるんだか……」

呆《あき》れの溜め息を吐くのであった。

第三章 大ピンチです！

これは、アールスハイド初等学院に勤《つと》める、ある男性教師の話。

「ごちそうさん。美味《おい》しかったよ」

その日初等学院の教師サム＝ニールは、学院での仕事を終え馴染《なじ》みの店で夕飯と晩酌《ばんしゃく》をし、お会計をしようとしていた。

「毎度どうも、ニール先生。それにしても先生、毎日来てくれるのは嬉しいけど、そろそろ嫁さんとか貰わないのかい？」

サムからお代を貰った店の主人が、いまだ独身である教師に向かってそんなことを聞いた。

そういうことが聞けるくらいに常連なのである。

「あはは、中々仕事が忙しくてねえ。それに出会いもないし」

「アールスハイド初等学院の学年主任ともなれば、そこそこいい給料も貰ってるだろうに。もったいないねえ」

「まあ、今は生徒たちの面倒を見るので精一杯ですよ。それじゃあ」

「おう。気を付けてな」

「それほど呑《の》んでませんよ」

そう言って店を出たサム。

「はぁ……寒いけど気持ちいいな」

少しお酒を呑んで火照《ほて》った身体に、冬の夜の空気が気持ちいい。

そんなことを思いながら家路《いえじ》についた。

そして……。


「んあっ？」

道端《みちばた》で目を覚ました。

「ん？　あれ？」

店から家に帰る途中の路上で目を覚ましたサムは、身体中をまさぐり。

「お、あったあった」

財布が無事に懐《ふところ》に入っていることを確認したサムは、そのまま何事もなかったかのように家路についた。

そして、自宅に着く直前、遠くに見えるアールスハイド王城を見たサムは……。

「チッ！」

と、顔を歪《ゆが》めて大きな舌打《したう》ちをした。

さらに憎《にく》しみの籠《こ》もった視線を王城に向け、そのまま自宅へと入って行った。

店を出てからここまで、サムの行動は全て異常である。

まず、大して呑んでいないのに、路上で寝てしまったこと。

そのことを不思議に思っていないこと。

そして、王家に対して、憎しみの籠もった目を向けたこと。

これら一連の行動を、先ほどの店の主人が見ていたら驚愕《きようがく》したであろう。

それほど王家に忠誠《ちゆうせい》を誓《ちか》う、真面目《まじめ》な教師だったのだ。

そんな異常な行動を取ったサムだったが、次の日からの日中の行動は普通だった。

普通に学院に出勤し、普通に授業をし、普通に学年主任の業務をこなした。

だが一つだけ、今までと違った行動を取ることがあった。

それは、メイを見る目が時折《ときおり》険《けわ》しくなっていることがあったのである。

しかし、それも一瞬のことであり、授業中はそんな視線を向けることはない。

そうして日中は普通に過ごしていたサムだったが、夜になると今までと違う行動を取るようになる。

夜、街を出歩くようになったのである。

夜な夜な街をうろつき、色んな場所に行くサムを、建物の屋根の上から見ている影があった。

◆

「お前、趣味《しゅみ》悪いな」

「趣味の問題じゃねーよ。正面から攻めて駄目だったんだ。なら次は、別の角度から攻めるしかねーだろ」

「まあ、それも一理《いちり》あるが……」

二つの影のうちの一つが、サムを見ながら言った。

「それでも『子供』を狙うのは、やっぱり趣味が悪い」

そんな会話をしている二人に、王都の人間はだれ一人気が付かなかった。

◆

サムの様子がおかしくなってから数日後。

アールスハイド初等学院の職員会議の場において、ある提案がなされた。

それは、提案者……サム以外を困惑させるのに十分なものだった。

「野外合宿を？」

「はい。本来なら、夏季休暇明けに行っていた野外学習ですが、昨今の事情により中止になったままだったので」

「それは確かにそうだが……」

サムの意見を聞いた学院長は、渋《しぶ》い顔をした。

それも無理のない話である。

アールスハイド初等学院には、毎年五年生が夏季休暇明けに行う、野外合宿と呼ばれる行事がある。

その日は、たとえ王侯貴族《おうこうきぞく》であろうとも、付き人には一切《いっさい》手伝わせず、自分で食事の準備からテントの設営まで行い、夜はテントの中で寝袋に包《くる》まって寝る。

贅沢《ぜいたく》に慣れている貴族の子供でもその待遇《たいぐう》は変わらず、厳しい状況で逞《たくま》しく生き延びるための精神を養《やしな》う……。

と、お題目自体は大層《たいそう》だが、ようはキャンプである。

この行事を楽しみにしていない生徒などほぼおらず、五年生になったら野外合宿に行くことが一番の楽しみなのだ。

それが今年度は、魔物の増加、魔人の出現、そして帝国の崩壊に魔人の侵攻と、情勢が非道《ひど》く不安定になってしまったため、中止になったのだ。

その通達《つうたつ》がなされたときの生徒の落ち込みようは、相当なものだった。

サムは、その野外合宿を実行しようと提案したのだ。

実際、シンたちの活躍により魔人の脅威《きょうい》は大幅に下がり、王国軍やハンターたちの努力もあって魔物の数は減ってきている。

それになにより、一度は中止になった野外合宿を行うとなれば、子供たちも喜ぶ。

理屈としては反対する材料はない。

だが、一つ大きな問題がある。

「なにも、この時期にやらなくてもよいのではないか？」

今は、年が明けてまだ数日。

つまり、真冬なのである。

野外合宿を行うことは問題ない。

だが、この時期にする必要はなく、学年が変わってしまうが春になってからでも構わないのだ。

それが学院長の渋る理由である。

そして、その意見に他の教師たちも賛同《さんどう》した。

「そうですよ。こんな寒い時期にキャ……野外合宿なんて」

「子供たちが風邪《かぜ》でも引いたらどうするのですか？」

「そうそう。来年度で構わないでしょう」

教師たちも、口々に反対意見を述べるが、完全に子供たちのことを思っての発言ではない。

一人の教師がキャンプと口走りかけたように、教師にとってもレクリエーションの一環だという認識の方が強い。

寒い時期にレクリエーションをやって風邪を引かせたら、生徒の親たちから何を言われるか。

この学院の生徒の親は、権力者が多い。

それに、こんな寒い時期にキャンプの引率をするなど、そもそも遠慮したかったのだ。

どうにかして開催を見送らせようとする教師陣を見て、サムはフッと嘲《あざけ》るような笑みを浮かべた。

「なんともはや、そこまで考えが至らないとはね」

『なっ⁉』

サムの挑発するような物言いに、教師陣は絶句《ぜっく》した。

というのも、その発言の内容もそうだが、サム自身がこんなことを言う人間ではなかったのだ。

教師陣は、怒りというよりも困惑の方が強く、サムの言葉に対して反論ができず言葉に詰まってしまい、その間にさらにサムが言葉を重ねる。

「来年度は最高学年ですよ？　中等学院への進学のために色々と準備をしないといけないのに、どこにそんな時間があるのですか？」

「そ、それは……」

「それに、来年度は何の問題も起きないと、なぜそう言えるのです」

「む、むう……」

「今の時期ならば、情勢も落ち着き、進級のための準備に時間を取られることもない」

「た、確かに……」

「それに……」

サムは一度言葉を切り、教師陣を見渡すとニヤリと笑って言った。

「子供たちは喜ぶでしょうなあ。楽しみにしていた野外合宿が中止になって落ち込んでいた分、尚更《なおさら》でしょう。となれば……」

サムがもう一度言葉を切るが、誰も口を挟まずサムの言葉を待っている。

その様子を確認したサムは、止《とど》めの言葉を放った。

「子供たちは、学院の配慮《はいりょ》を喜んで親に話すでしょうな。そうすれば、親としては子供が喜んでいることに文句は付けられない」

「で、ですが主任、それでも抗議してくる親がいた場合は？」

「それこそ、例のお題目《だいもく》を突き付ければいいでしょう。領民を守る貴族たるもの、冬の合宿を乗り切れないでどうするのかと」

そこまで言ってサムの主張は終わった。

そしてそれを聞かされた教師陣は、周りの人間と話し合いを始めた。

結局、子供たちに恩を売っておけば、権力者の親の助力《じょりょく》も得られる。

具体的には寄付金が多く集まる可能性があると判断し、アールスハイド初等学院初となる『冬季野外合宿』が開催されることになった。

「くく……これで準備は整った……」

会議が終わり、会議室を出たサムは……。

誰かが見ていれば、寒気を感じるほどの凄惨《せいさん》な笑みを浮かべていた。

◆

「そういえばメイ姫様。例の噂を聞かれました？」

「れ、例の噂です？」

教室にてアグネスからそう聞かれたメイは、また魔法少女のことだろうかと思わず身構えた。

その様子を見たアグネスは、クスッと笑って言った。

「あの魔法……少女？　の件ではありませんわ」

「あ、そうですか」

「はい。なんでも、今年は行われなかった野外合宿を近々行うというものですわ」

「ええ？　近々って、今冬ですよ？」

自分たちの話ではなかったことに安堵《あんど》しつつも、その噂の内容には首を傾げるメイ。

そしてそのメイに、コリンも声をかけた。

「どうも、本当らしいです。実際うちの商会に、合宿用の用品の買い付けがありましたから」

「それに、王宮に勤めている親のいる子が『こんな時期に合宿をやるなんて』という愚《ぐ》痴《ち》を聞いたらしいです。メイ姫様はお聞きになってませんか？」

「私にはそういう話はしてくれないです」

「あー、まあメイ姫様はまだ子供ですしね」

「むう！　コリン君も同い年《おないどし》です！」

自分と同い年であるコリンに子供扱いされたことで、頰《ほお》を膨《ふく》らませるメイ。

だが、コリンはそれを認めた上で、なぜ自分が合宿用品の発注を知っているのかを説明した。

「ええ。ですから、僕も父から直接は聞いてませんよ。店の倉庫にある品の発注元を見て判断したんです」

「そこから推測するなんて。コリン君は優秀ですわね」

自らの推測の理由を話すコリンを褒《ほ》めるアグネス。

その頬は、ほんのり赤い。

「そ、そんなことないよ」

コリンの方は、褒められた照れ臭さに頬を赤らめていた。

見様《みよう》によっては、お互い頬を染め合っているように見えるのだが、内心は全然違う。

メイは、そのすれ違いに不満を持っていた。

(うーん。シンお兄ちゃんたちなら、ここからイチャイチャし始めるですのに!)

シンとシシリーが、ほんの些細《ささい》なことでもイチャイチャしているのをよく見ているメイは、アグネスとコリンにも是非《ぜひ》そうなって欲しかった。

ちなみに、自分が誰かとイチャイチャしたいと思ったことはない。

初等学院生に一体何を求めているのか。それよりも自分のことはいいのか。

色々と残念なメイだった。

どうも、これ以上ラブ展開には広がりそうにないと感じたメイは、話を元に戻した。

「それにしても、なんで今なんです？　今、冬です。寒いです」

中止された野外合宿が行われるのは嬉しいが、時期を考えて欲しい。

それが生徒たちの本音だった。

当然、親たちからも抗議《こうぎ》の声があがり、結局教師たちは例のお題目と、来年になったら野外合宿を行う時間など取れないといった説明をしていた。

教師たちは、話が違うとサムに抗議したが、多少の抗議が入ることは予想されていたし、そのための対策も話したはずだと聞き入れなかった。

（多少じゃねえよ！）

と教師たちは内心で思っていたが、抗議に対する対策が話し合われていたのも事実だったため、それ以上追及できなかった。

もっとも、子供たちが喜ぶだの、親たちからの助力だのという話は、教師たちを納得させるための方便《ほうべん》だ。

実際に野外合宿の開催が決定してしまえば、親からの抗議などいくら来たって構わない。

サムはそう思っていた。

だが、ここで予想外のことが起きた。

野外合宿に、王城から兵士の派遣人員の増加が決定されたのだ。

魔人の出現以降増えた魔物は、王国軍と魔物ハンターたちが協力して討伐《とうばつ》を続けているが、まだ元に戻ったとは言《い》い難《がた》い。

そんな野外に、王女であるメイを護衛なしに出すわけにはいかない。

それが王宮の判断だった。

さすがのサムも、王宮の指示を無視するわけにもいかず、その決定を受け入れた。

そして、アールスハイド初等学院五年生と大勢の兵士は、野外合宿に向けて王都を出発したのであった。

◆

「うー……寒いですわ……」

「本当だね……」

いつもは馬車で移動している者が多いアールスハイド初等学院の子供たちだが、今回の外出は野外合宿。

旅行ではないので、テントを張る予定地まで馬車ではなく歩いて移動する。

これが例年行われている夏季休暇明けの時期ならば、皆でワイワイとお喋《しゃべ》りをしながらの移動となるのだが、今は真冬。

生徒たちは、言葉少なに寒さに耐えながら目的地を目指していた。

アグネスとコリンも、防寒用のマントを身体に巻き付けるように羽織《はお》っているのだが、相当寒いのか、さっきから寒いという言葉しか出てこない。

そんな中、メイだけは寒さに震えることもなく平気そうな顔をして歩いていた。

「メイ姫様は平気そうですわね」

「えへへ、実はシンお兄ちゃんに貰ったマントを着てるからです」

「シン様から⁉」

「はいです。このマントは凄いです。良かったら一緒に包まります？」

「よ、よろしいのですか？」

「はいです」

「それでは……失礼いたします」

アグネスはそういうと、メイのマントに潜り込んだ。

「ふわっ……」

その途端《とたん》に感じる暖かな空気。

寒さを感じないどころではない。

ほんのり暖かいのである。

「す、凄いですわ……なんですの、これ？」

「シンお兄ちゃんが作った魔道具です！　このマントを羽織っていると、夏は涼《すず》しくて冬は暖かいです」

「そんな魔道具があるなんて……」

「シンお兄ちゃんは本当に凄いです！　天才です！」

「凄いのは承知していたつもりでしたけど……実際に体験するととんでもないですわ」

普段は噂でしか聞くことのできないシンの話。

国民たちは、その話を聞いてシンたちの活躍を想像することしかできないのだが、こうした魔道具は、その凄さを実感できる。

今まで見たことも聞いたこともない魔道具のマントに、アグネスは感心しきりだった。

だが、メイはそのアグネスの発言に首を傾げた。

「あれ？　アグネスさんのお家は、洗浄機能付きトイレは使ってないです？」

「もちろん使っております！　あれは素晴らしいですわ！　あのトイレを発明した方は勲章《くんしょう》を貰ってもいいと思います！」

「もう一杯貰ってるですよ？」

「え？　あ！　まさか⁉」

「あれを作ったのもシンお兄ちゃんです」

「……天才っているのですねえ……」

「シンお兄ちゃんは天才です！　あれ？　さっきも言ったです」

周りの生徒たちが、寒い寒いと言いながら身を強張《こわば》らせて歩いている中、暖かいマントに包まれたメイとアグネスは、お喋りに夢中になった。

そんな二人を見たコリンは……。

「うう……羨《うらや》ましいなあ、アグネスさん……」

寒さに震え、歯をカチカチ鳴らしながら、二人のことを羨まし気に見ていた。

「あ、コリン君も入りますか？　こっち空いてるです」

メイからそう提案されたコリンだが、チラリと二人を見て、溜め息を吐いた。

「……遠慮《えんりょ》しておきます」

「どうしてです？」

「どうしてって……」

今のメイとアグネスは、マントをアグネスに掛けるため、メイがアグネスの肩を抱いている格好である。

そして肩を抱かれているアグネスは、メイの胸に頬を寄せている状態。

それはまるで、恋人同士寄《よ》り添《そ》って歩いているようにも見える格好だった。

女の子同士ですら、ちょっとドキドキしてしまう状態なのに、自分がそんなことをしたらどうなるのか……。

周りの男子生徒たちの視線も気になるし、実力行使《じつりょくこうし》に出られるかもしれない。

そんなリスクを冒すくらいなら、寒さを我慢《がまん》する方がマシだ。

「とにかく、ご遠慮いたします。それに、三人でマントを羽織ると歩きにくいですよ？」

「それもそうです。じゃあ、コリン君は申し訳ないですけど、我慢してくださいです」

メイの決定に、アグネスもコリンもホッとした。

コリンはともかく、アグネスも、メイの提案をコリンが受けるのではないかと内心でドキドキしていたのだ。

そんなことにならずにホッとした反面、自分は暖かくしているのに寒そうなままのコリンに対し、罪悪感を覚えるアグネス。

だが……。

(ごめんね、コリン君。でも、この暖かさからは離れられないの……)

その罪悪感は、真冬の暖かな暖房器具の前に、すぐに霧散《むさん》してしまったのだった。

「ふえっくしょん！」

「ああ、暖かい……」

「むぅ……暖かくて眠くなってきたです……」

そして、これだけの大人数で移動していると、当然のように魔物が出てきたり、それを兵士たちが颯爽《さっそう》と討伐したりと、色々ありながらも予定時刻には宿泊予定地まで辿り着いたのだった。

◆

宿泊予定地に着いた一行《いっこう》は、早速テントを設営し、食事の準備に取りかかった。

ちなみに昼食は各自持参で、作るのは夕食のみ。

兵士たちの食事を別途用意するのは手間なので、一緒に作ることになっている。

そのメニューは、今回の合宿が冬であることも考慮し、具がたっぷり入った温かいスープ。

ちなみに、スープになったのには別の理由もある。

それは……。

「アグネスさん、お料理ってしたことあります？」

「料理人がおりますので、したことありませんわ」

「私もないです。コリン君は？」

「僕は、野菜を切ったりするお手伝い程度ならしたことあります」

「「え⁉　凄いです‼」」

そう、王族であるメイは言わずもがな、伯爵家の令嬢であるアグネスも、生まれてこの方、厨房《ちゆうぼう》にすら入ったことがない。

そして、この学院の生徒は貴族や裕福な家の子供が多い。

つまり、料理経験のない子が多いのである。

コリンが野菜を切ったことがあるというだけで称賛《しようさん》される始末だ。

こんな子供たちだけで複雑な料理など……完成する未来が見えない。

そこで、野菜や肉を不格好《ぶかつこう》でもいいから切って味のするスープに入れておけば完成する具沢山スープを作ることになったのである。

ちなみに、これは今回に限った話ではなく、毎回夏季休暇明けに行われる野外合宿で作られる料理も具沢山スープである。

もちろん、味のついたスープは、事前に用意されているのだ。

今回は、派遣されている兵士の数が多いので、いくつかの大鍋でまとめて作ることになっており、何人かのグループに分かれて料理する。

そして、その料理は教師や兵士たちの手を借りてはいけない。

こうして子供たちだけでの料理が始まったのだが……。

「あ、アグネスさん、先に野菜の皮を剝《む》かないと！」

「皮？　野菜に皮なんてあるんですの？」

「あるよ！　この皮剝き器を使って、こうやれば……」

「まあ、これが野菜の皮なんですのね」

「そうだよ。で、これで皮を剝いてから適当な大きさに切ってね」

「分かりましたわ」

「じゃあおねが……メイ姫様！　肉を塊《かたまり》で入れちゃ駄目です！」

「ええ？　煮込んだらバラバラになるんじゃないです？」

「なりませんよ！　ちゃんと切ってから入れないと！」

「そうなんです？」

「ええ……アグネスさん！　そんなにナイフを振りかぶったら危ないよ！」

「え？　でも、お野菜は固いですわ。これくらい振りかぶらないと切れませんわよ？」

「そんなことしなくても切れますから！　こうして野菜にナイフの刃を当てて、こう引けば……」

「凄いですわ、コリン君！　固いお野菜をこんなに簡単に切ってしまうなんて！」

「これくらい普通だよ」

「うう、お肉固いです……そうだ！」

「メイ姫様！　肉は剣で斬っちゃ駄目です！」

異空間収納から取り出した剣を振りかぶるメイに向かって、コリンが慌てて制止をかける。

なぜ王女が剣など持っているのか。

それは謎なのである。

「ええ？　でも固いお肉は剣で斬った方が早くないですか？」

「早くないです！　むしろ調理台が壊れて余計に時間が掛かりますから」

「むう」

「はぁ……疲れる……」

料理経験のない二人に翻弄されっ放しのコリン。

というか、ほとんどのグループがそんな感じだった。

教師たちは、手は出さないが口は出す。

そうしないと、まともに食材すら切れないからだ。

「わあ！　噴《ふ》きこぼれた！」

「火が、火が消えてしまいました！」

「ぎゃああっ！　指切ったあっ！」

沢山の料理経験のない子供たちによる野外料理。

それは、教師たちだけでなく、兵士たちも巻き込んでの大騒動になったのであった。

『いただきまーす！』

大騒動になった料理の時間が終わり、メイたちはようやく夕食にありつけることになった。

辺りはすっかり日も落ち、焚《た》き火《び》を囲んでの夕食である。

そんな、普段なら行儀が悪いと叱られるような体勢で食事を取ることと、焚き火の熱によって身体が温められたことで、ようやく本来の調子が戻って来た生徒たち。

初めて自分で作った料理を食べながら、大変だった料理の様子を楽し気に語り合っていた。

「ふう……意外と美味しいですわ」

「初めての料理でこれだけ美味しくできたです！　もしかして料理の才能があるかもです！」

「あの……これ、あらかじめプロの方がスープは作ってくれてますからね？」

「そうでした！」

初めて自分で作ったスープを啜《すす》り、意外と美味しいことに驚くアグネスと、自分には料理の才能があるかもと自惚れるメイ。

そんなメイに、冷静にツッコミを入れるコリン。

三人は、同じ焚き火を囲んで食事を取っていた。

そして、食事の際にマントを羽織っているわけにもいかないので、メイとアグネスも冬の寒さに晒されており、スープの温かさに感動していた。

「はあ……温まるですぅ」

「本当ですねわぇ」

「寒い中で温かいものを食べると、格別に美味しく感じますね」

そうして夕食を取っていた三人だが、マントを脱いでいるメイの胸元にペンダントがあるのをアグネスが見つけた。

「メイ姫様？　そんなペンダント、着けていましたっけ？」

「ん？　ああ、これです？　これもシンお兄ちゃんに貰ったです」

「ということは、それも魔道具ですの？」

「はいです」

「へえ。どんな効果があるんですか？」

「えっとですね……」

コリンが何気なく聞いてきたので、メイも普通に答えようとした。

だが、このペンダントにはある秘密がある。

それを絶対に話さないようにと、兄であるアウグストからきつく言い含められている。

もしウッカリ口を滑らせるとどうなるか……。

　そのことを思い出したメイは、慌《あわ》てて誤魔化した。

「な、内緒です！」

「そうなんですか。残念ですわ」

　アグネスも、その効果が気になっていたのだが、メイに内緒と言われると、それ以上追及することはできない。

　なにせ王族が内緒にしていることなのだ。

　メイは、アグネスやコリンに対して申し訳ない気持ちになったが、そんなメイをフォローしたのは、最初に聞いてきたコリンだった。

「あ、それがそうなんですね」

「コリン君、どういうことですの？」

　コリンの言葉の意味が分からないアグネスは、コリンに訊《たず》ねた。

「いや、父さんから聞いたことがあるんだ。シン様の作る魔道具は、便利なものも多いけど口外《こうがい》できないものも多いって」

「口外できない？」

「うん。世に出すと世間を混乱させるものとか、悪用されたら困るものとかあるからって」

「へえ。それってどんなものなのですか？」

「さすがに知らないよ。父さんも絶対教えてくれなかった」

「天下のハーグ商会の会頭《かいとう》が口を噤《つぐ》む魔道具ですか……」

「そう。だから、メイ姫様の着けてるペンダントがそれなんだなあって思って」

「ああ、それで」

二人の会話を、メイは大量の冷や汗を掻《か》きながら聞いていた。

なにせこのペンダント。

効果自体は、それほど特別ではないかもしれないが、使われているものが異常。

魔道具の効果を常時発動させるために、魔石が使われているのである。

魔石とは、魔道具の効果を継続的に発動させるために必要なものであり、非常に便利なものである。

だが鉱山での採掘の際に偶然見つかるようなものであり、一般には流通していない。

その魔石が主に使われるのは、王族の住居である王城の防護魔道具であったり、魔物討伐の拠点になる砦《とりで》であったり。

つまり、国家で管理するようなものなのだ。

過去にメリダが山奥のマーリン宅に結界を張った際に使用した魔石も、国から購入したもの。

導師《どうし》という立場があってこそ購入できたのだ。

そんなものが、メイの着けているペンダントに使われている。

しかもその魔石は、シンが自分で作ってしまった人工魔石である。

口が裂《さ》けても話せない。

それに、実はメイの異空間収納の中には、もう一つ魔石を利用した魔道具が入っている。

これに関しては、見せることもやめておこうと、心に誓うメイなのであった。

「ふわあっ……」

決意を新たにしていたメイをよそに、コリンと二人で話が盛り上がっていたアグネスが大きな欠伸《あくび》をした。

「あっ……ご、ごめんなさい。はしたない真似を……」

人前で大きな欠伸をしてしまったことで、顔を赤らめるアグネス。

だが、コリンはその気持ちがよく分かった。

「今日は沢山歩いたからかな。僕もさっきから眠くって……」

そしてアグネスに釣られるように大きな欠伸をした。

「そうですか？」

二人に反してメイは平気そうだ。

だが、眠そうなのはアグネスとコリンだけではなかった。

他のグループでも、大きな欠伸をしている生徒がいたり、舟をこいでいる生徒がいたり、中には隣同士で寄り添って眠ってしまっている生徒もいる。

「みんな疲れたですかね？」

「そうじゃないですか？　こんなに歩くことって滅多にないですし」

「よく見たら、先生たちも欠伸してますわね」

「兵士さんたちもです」

「あはは、さっき大騒ぎだったからねえ……先生や兵士さんたちも疲れたんだよ」

「ふわあ……もう限界ですわ。私、お先に失礼してよろしいでしょうか？」

「あ、いいですよ。先に寝ちゃってください」

「それでは……お先です……」

アグネスはそう言い残すと、フラフラとした足取りで自分のテントに向かっていった。

「僕も寝ますね。もう眠くて眠くて……」

「あ、はい。おやすみなさいです」

「おやすみなさい」

コリンもそう言うと、自分のテントに入っていった。

周りを見ると、他の生徒たちも次々とテントに入っていっている。

最終的に、テントの外に出ているのは、教師と兵士とメイだけになった。

「……私も寝るです」

一人取り残されてしまっても、何もやることがない。

メイは大人しく、自分のテントに入っていった。

「うー、まだ早い時間ですから、全然眠くないです……」

テントに入り、寝袋に包まったメイだったが、いつもの就寝時間《しゅうしんじかん》よりも大分早い時間でもあり、中々寝付けずにいた。

結局、皆がすぐに寝てしまったこともあり、スープを作った大鍋を片付けることもしなかったので、辺りにはまだスープの香りが残っており、それがまたメイの就寝を妨《さまた》げた。

「はう……せめて鍋くらいは片付けて欲しかったです……」

一応お腹いっぱいには食べたのだが、育ち盛りのメイにとって、食事の匂いが漂っている中で眠るのは、至難《しなん》の業《わざ》といえた。

そのことに不満を抱いていると、ふと、違和感を覚えた。

「……なんで誰も鍋を片付けてないです？」

本来なら、ご飯を食べた後は、使った食器や鍋を片付けるまでがカリキュラムとして組まれている。

にもかかわらず、生徒たちはあまりの眠さに正常な判断ができず、すぐに眠りについてしまった。

ここまでなら、あまり褒められたものではないが普段温室育ちの子供たちが、体力の限界を超えてしまったということで、理解できなくもない。

だが、それを教師たちが放置しておくだろうか？

食べ物の匂いがするということは、魔物以外にも通常の野生動物でさえ呼びかねない。

生徒たちが片付けられないなら、教師たちが片付けるべきなのだ。

なのに、それがされていない。

しかも今回は、兵士たちまでいるのにである。

気になったメイは、テントの外の様子を窺《うかが》うが、物音がしない。

つまり、誰も動いていないのである。

「おかしいです……」

異常事態に気が付いたメイは、心臓が早鐘《はやがね》を打つのを自覚した。

何かが起こっている。

けど、調べに行く勇気が出ない。

生まれて初めて感じる恐怖に、メイはギュッと目を瞑《つむ》り、時間が過ぎるのを待った。

すると、少し経ってからテントの外で物音がした。

そのことに一瞬安堵したメイだったが、すぐにそれは勘違いだと分かった。

なぜなら、テントの外にいる者たちの話し声が聞こえたからである。

「ガキ共は呑気《のんき》に寝てやがるな。これから攫《さら》われるとも知らずによ」

メイの緊張は一気にピークに達した。

◆

「で、先生よお。全員連れていくのは無理だぜ？　どいつを連れて行きゃいいんだよ？」

宿泊地に入ってきた男の一人が、先生と呼ばれる者に声をかけた。

つまり、この男を宿泊地に招き入れたのは、教師のうちの一人ということになる。

なんで先生が？　さらに混乱するメイ。

だが、そんなメイに気付かず、先生と呼ばれた者が口を開いた。

「そうだな。高位の貴族、それと裕福な商人の子供辺りでいいだろう」

「んじゃあ、案内してくれよ、サム先生」

「こっちだ」

招き入れた教師というのは、サム＝ニールである。

その事実に、メイは信じられない気持ちで一杯だった。

サムは、学年主任として厳しい先生ではあったが、それは自分たちのためを思ってのことだった。

それが、まさか自分たちを人攫いたちに売るなんて。

だが、現実に声はサムのものであったし、人攫いたちもそう呼んでいた。

(なんで⁉ どうしてです⁉)

大きな声で叫びたいのを必死で抑え、メイはテントの中でただ震えることしかできなかった。

アリスやリンに連れ回され、王都で悪人を成敗《せいばい》して回っていたが、それはあくまでアルティメット・マジシャンズである二人がいるという前提があってのこと。

たった一人で犯罪者を前にすると、十歳の女の子には立ち向かう勇気は出なかった。

それに、相手は複数で、こちらには眠りこけている生徒たちが大勢いる。

人質を取られてしまっては身動きが取れない。

それに……。

「へへ、教師に兵士まで寝てやがる。職務《しょくむ》怠慢《たいまん》だぜ？」

ヘラヘラ笑いながら、人攫いがそう言っているのが聞こえる。

ということは、眠りこけているのは、生徒たちだけでなく、ここにいる全員ということ

とになる。

「料理に混入させた睡眠薬《すいみんやく》以外に、睡眠香まで使ったからな、ちょっとやそっとじゃ起きないさ」

「そこまでしたのか？」

「直前に兵士の増員が決まったからな。事前に作ってある料理に混入させる睡眠薬を追加で手に入れられなかったのだ」

「ほおん。それで念を入れたわけか」

「そういうことだ。結果としては良かったのかもしれんがな」

「へっへ、アンタ悪党だねえ。これが終わったら、俺らの仲間にならねえか？」

「どうせこの事態を招いた責任を追及される。そうなる前に雲隠れするつもりだからな。まあ、考えておくさ」

「楽しみだねえ。さて、それじゃあお仕事といくか」

「ああ。それじゃあ……」

サムの指示によって、連れていかれる子供たちが選別されていく。

こっちは侯爵家の息子、こっちは伯爵家の娘、こっちは大商会の息子と、次々と指示を出していく。

そして人攫いたちは、その指示に従ってテントを開けていく。

「おーう、全員寝袋に包まってやがる。運びやすくていいねえ」

寝袋に包まり、何も知らずに寝ている生徒たちを次々と運び出していく人攫いたち。

メイは、恐怖に震え、ただ黙って見過ごすことしかできなかった。

そして、ついにそのときが訪れた。

「それで……これが、この国の王女だ」

その言葉で、全身に緊張が走るのが分かった。

自分が選ばれてしまった。

その事実に泣きそうになってしまうが、もし自分が起きていることがバレたらどうなるのか？

必死に泣くのを堪《こら》えたメイは、なんとか眠ったフリをした。

そのすぐ後に、メイのテントが開かれた。

「王女サマねえ。これがバレたら、間違いなく処刑だな」

「……コイツが、今回の本命なんだ。まさか、この期《ご》に及んで怖気付《おじけづ》いたわけじゃないだろうな？」

「俺が？　まさか。見くびらないでもらいたいねえ」

「なら、さっさと運び出せ」

「へいへい」

人攫いは、寝袋に包まっているメイを肩に担《かつ》ぐと、そのまま馬車の荷台に横たえた。

そして、選別した生徒を全て馬車に積み込み、寝袋を剝《は》いだあと、子供たちの手首と足首をロープで縛り上げた。

全員を縛り上げた人攫いは、ニヤニヤしながら言った。

「これで、身代金《みのしろきん》がガッポリ手に入るってもんだ。悪いねえ。恨むんなら、お金持ちの家に生まれたことを恨むんだねえ」

へっへっへと、相変わらずヘラヘラしながら、馬車の幌《ほろ》を閉めて離れていく人攫い。

足音が遠ざかったことを確認したメイは、パチリと目を開けて、周りを見回した。

「どうしよう……助けて、シンお兄ちゃん……」

あまりの絶望に、抑えていたものが込み上げ、メイは、声を出さずに泣いた。

第四章
メイ救出大作戦

「なんだとおっ⁉　それは誠《まこと》か⁉　デニス‼」

早朝のアールスハイド王城に、凶報《きょうほう》がもたらされた。

「はっ！　今朝、警備局の本部にこのようなものが投げ込まれておりまして、事実確認をさせたところ……生徒たちだけでなく、教師や、その……兵士まで眠らされておりまして……」

朝早く、警備局の本部に書簡が投げ込まれており、その内容を確認したところ。

「アールスハイド初等学院の生徒たちを人質に取った。返して欲しくば、身代金《みのしろきん》を払え」

という内容だった。

その内容を確認した警備隊員は、すぐさま局長であるデニスに報告。

すぐさまアールスハイド初等学院が野外合宿を行っている地に向かったところ、生徒だけでなく、教師や、護衛のはずの兵士までが眠っている現場を目撃。

そして、いくつかのテントが空《から》になっていることが確認された。

その空になったテントの中には……。

「姫様のテントも空になっておりました」

「何ということだ……」

思わず力が抜けてしまう国王ディセウム。

その様子に、たまらず軍務局長《ぐんむきょくちょう》であるドミニクが頭を下げた。

「申し訳ございません!! 全ては私の責任です！ かくなるうえは、この首をもってお詫《わ》びいたします!!」

今回のアールスハイド初等学院の野外合宿の護衛《ごえい》を任されたのは、軍務局の兵士たちだ。

その兵士たちの大失態《だいしったい》に、軍務局長であるドミニクは、自分の命をもって詫びると言い出した。

だが、それは困るのである。

「よせ、ドミニク。お前は、今やアールスハイド王国の軍務局長という立場だけではない。世界連合軍を束《たば》ねる役目もあるのだ。軽々しく捨てていい命ではない」

「し、しかし……」

「どうしても詫びたいというのなら、犯人を逮捕し、人質《ひとじち》を救出することで詫びとせよ。これは勅命《ちょくめい》である」

「はっ！」

「デニス。警備局の総力を挙げて犯人を捜しだせ！」

「御意《ぎょい》！」

ディセウムの命を受けたドミニクとデニスは、すぐさま部屋を出ていった。

二人を見送ったディセウムは、深い溜《た》め息《いき》を吐《つ》いた。

「無事でいてくれ……メイ……」

そう呟《つぶや》いたディセウムは、懐《ふところ》から無線通信機を取り出し、ある番号にかけた。

「……ああ、シン君。朝早くに済まないね。ちょっと相談があるのだが……」

ディセウムは、今この世界で最も頼りになる男に、助けを求めたのだった。

◆

「なんだって⁉　メイちゃんが誘拐《ゆうかい》された⁉」

「うむ……」

シンにゲートで迎えに来てもらい、ウォルフォード家にやってきたディセウムは、事情をシンに話した。

それを聞いたシンは思わず大声をあげてしまったのだ。

「子供を狙うとは……何と卑劣《ひれつ》なことを」

「護衛たちは何をしてたんだい！」

マーリンとメリダも、子供を狙った卑劣な犯行に、怒り心頭である。

シンも同様であるが、ひとまず事情を聞かないと何もできない。

まず、ディセウムから現在の状況を聞くことにした。

「それで？　犯人の要求は？」

「身代金だな」

「なら、受け渡しをする瞬間を押さえれば……」

「駄目なんだよ。犯人は、現金ではなく、口座への振り込みを指示している」

「なら、その引き出すときを狙えば？」

「どうやって？　通信機は、まだ国家間の通信でしか実用化されていない。各地にある銀行への連絡には使えないのだ」

「そうだった……」

これがシンの前にいた世界なら、瞬時に情報が回り、その口座から現金を引き出そうとした者を取り押さえることができる。

もし、別の口座へ振り込んだとしても、それを追跡することもできる。

だが、この世界に市民証をつかった銀行のシステムはあっても、銀行間で瞬時に情報のやり取りができるシステムはない。

通信機はあるが、まだ民間には出回っていないのだ。

「そうだ！　銀行口座は市民証を利用してるんだよね？　なら、その指定された口座を持っている人間を調べれば……」

「もうとっくに調べたよ。その結果、遠い街に住んでいる人間であることまでは判明したのだ」

「遠い街……それって、どれくらいかかるの？」

「……馬車を飛ばして一週間はかかる」

「……身代金の受け渡し期限は？」

「明日の朝までだ」

「絶対間に合わないじゃん……」

シンは、ディセウムの返答にガックリと肩を落とした。

それに、その人物がそこに住んでいるとは限らないし、必ずしもその人物が犯人であるとは限らない。

脅《おど》されて市民証を利用されている可能性もある。

その場合、市民証は本人しか起動できないので、金を引き出すまでは生かされているだろうが、その後は分からない。

口封《くちふう》じをされてしまえば、それまでなのだ。

「銀行口座って封鎖《ふうさ》できないの？」

「残念ながら、そういうことはできない。市民証と銀行のシステムを作った昔の魔道具師の腕が凄すぎてね。現代ではそのシステムをいじることすらできないんだよ」

どうやら、犯人を確保するのに身代金の受け渡しを狙うということはできそうにないし、身代金が犯人に渡らないようにするのも難しそうだ。

「くそっ！　どうしろってんだよ……」

あまりに手がかりが少なすぎる上に、今の世界には監視システムなどはない。

今は、警備隊が現場で何かしらの痕跡《こんせき》を見つけるのを待つしかない状況だ。

だからこそ、ディセウムはシンに助けを求めたのだが、どうやらシンにもイマイチ有効な手立てが思い付かないらしい。

そうして悩んでいると、ディセウムの無線通信機が鳴った。

「私だ」

『陛下《へいか》、ウィラーです。現在、現場となった宿泊地を捜索《そうさく》し終えたところなのですが……』

「それで、何か分かったか？」

『それが、学院以外の馬車の痕跡はあったのですが、途中で消えておりまして……犯人たちは、周到《しゅうとう》に痕跡を消しております』

「そうか……」

『ただ、今回、生徒たち以外でいなくなっている者がおりました』

「誰だ？」

『教師のサム＝ニールという者です』

「教師が？　その者も連れ去られたというのか？」

『それが、どうもそうではないようです』

宿泊地からいなくなったのであれば、その教師も攫《さら》われたと考えるのが普通だが、デニスは違うと確信を持っているようだった。

「どういうことだ？」

『他の教師たちの証言によりますと、そのサム＝ニールという教師は、今回の野外合宿の開催を、かなり強引に進めていたようです』

「なんだと⁉」

『事件が発覚した後に姿をくらましたのなら、その責任から逃れるためかとも考えられますが、我々が到着する前にいなくなっていると考えると……』

「……その者が、犯人か！」

『そうだと思います』

「まさか……教師の中に犯人がいたとはな……」

『ですが……その後の足取りが摑《つか》めません。こうなると、辺《あた》り一帯をしらみつぶしに捜すしか方法はありません』

デニスのその提案に、しばらく考えていたディセウムは、決断を下した。

「構わん。警備局、軍務局の総力を挙げて捜索せよ。必ずどこかに痕跡が残っているはずだ！」

『御意！』

デニスの言葉を聞いたディセウムは、無線通信機の通話を終了させた。

そして、その手にある無線通信機を見たディセウムは、ハッと気が付いた。

「そうか！　メイにも無線通信機は渡してある！　これを起動させれば……」

「駄目だよ！　ディスおじさん‼」

メイに割り振られた番号に発信しようとしたディセウムを、シンが必死になって止めた。

「なぜだ、シン君！」

「さっきも見ただろ！　通信機は、着信があるとベルが鳴るんだ！」

「そうだったな……」

「もし犯人がいる前で通信機のベルなんて鳴ったら、メイちゃんの命が危なくなる！」

「……ではどうすればいいのだ……」

ディセウムの落ち込む姿を初めて見たシンは、沈痛《ちんつう》な面持《おもも》ちで告げた。

「一番いいのは、メイちゃんが自分で気付いて連絡してくれることだ。俺たちはそれに期待するしかない」

「……シン君の索敵魔法《さくてきまほう》では捜せないのかい？」

「無理だよ。個別の魔力なんて認識《にんしき》できない。魔物以外で固まっている反応があったとしても、野生動物の可能性の方が高いんだ」

「はぁ……メイ……」

ディセウムは、とうとうソファーに座り込み、頭を抱《かか》えてしまった。

「とりあえず、オーグも呼ぼう。メイちゃんが助けを求めるとするなら、ディスおじさんとかオーグとかに通信してくるかもしれない」

「そうだな。そうするしかないのか……」

すっかり憔悴《しょうすい》しきったディセウムを、マーリンとメリダも励《はげ》ました。

「しっかりせんか、ディセウム。メイちゃんは魔法が使えるようになっておる。そうそう最悪なことにはならんじゃろうて」

「そうさね。だからアンタは、それを信じてちゃんと捜索《そうさく》の指揮《しき》をとりな。しっかりおし！」

「マーリン殿、メリダ師……分かりました」

ディセウムはそう言うと、無線通信機でアウグストを呼び出すのだった。

◆

『メイ王女誘拐事件』

それは世間一般には極秘とされ、一切公表されなかった。

徐々に落ち着いていたとはいえ、まだ情勢が不安定な中、メイが誘拐されたと世間に知られれば、また混乱が起きる。

なので、一緒にいた生徒たちやその親にも箝口令《かんこうれい》が敷《し》かれ、五年生は全員その日学院を休まされた。

誘拐された生徒の中にメイが含まれていたことが、生徒たちに強いストレスを与えていたこともある。

そんな生徒たちの心のケアのためにも、他の学年の生徒たちには合宿の翌日だからと説明して無理矢理休ませたのだ。

つい昨日まで一緒にいた同級生たちがいなくなった。

そんな強いストレスにさらされた生徒たちは、どうか皆が無事に帰ってきますようにと、祈ることしかできなかった。

◆

「……ん？」

ふと目を覚ましたアグネスは、自分の身体に違和感を覚えた。

なんだか身動きが取れなかったからである。

「え？　あれ？」

もぞもぞ動くが、どうにも身動きが取れない。

「え？　なんで？」

そしてようやく、自分の手首と足首がロープによって縛《しば》られていることに気付いた。

「だ、誰ですか。こんな悪戯《いたずら》をするのは！　早くほどいてくださいまし！」

「んん？　アグネスさん、どうしたの？」

そのアグネスの声に、コリンも目を覚ました。

「あ、コリン君！　あなたですの？　私を縛ったのは」

「縛る？　なんのこ……あ、あれ？　手が……足も……え？　なんで？」

「コ、コリン君も縛られてるんですの？」

「う、うん。そうみたい。っていうか、あれ？　僕たち、昨日合宿でテントに泊まったよね？　なんでアグネスさんがここにいるの？」

「そんなの分かりませんわ！」

アグネスとコリンが騒《さわ》いだので、他の生徒たちも次々と目を覚ます。

「わ！　なんだよコレ⁉」

「ええ？　なんで⁉」

「どうなってるんだ！」

目を覚ますと、自分の異常な状態に気が付き、口々に騒ぎ出す。

あっという間に全員が起き出し、大変な騒ぎになった。

すると、そこに現れた者がいた。

「うるせえぞ、ガキ共‼　大人しくしてねえとぶっ殺すぞ‼」

強そうな大人の男。

その男の恫喝《どうかつ》に、生徒たちは恐怖し、一瞬で黙った。

「ったく……ガキ共が十人もいるとうるさくて堪《たま》らねえ。さっさと売り払うなり殺すなりしてえぜ、まったく」

男は、そんな物騒なことを口走りながら去っていった。

そして、恫喝されたことで黙ってしまった生徒たちは、自分たちの置かれている状況をようやく把握《はあく》することができた。

今いるのは、石造りの建物の中。

そして、自分たちがいる部屋には鉄格子《てつごうし》があり、一見して牢屋《ろうや》であることが分かる。

なぜ、こんなところにいるのか。

そして、先ほどの男は何者なのか。

全く理解できない。

そんな中、一人おずおずと喋り出した者がいた。

「……ごめんなさいです……」

それは、攫われてからずっと起きていたメイだった。

「メイ姫様？　どうしてメイ姫様が謝るんですか？」

突然謝りだしたメイに、アグネスが問いかけた。

すると、メイは静かに語りだした。

「皆さんは……料理に入れられた睡眠薬《すいみんやく》で眠らされてたです……」

「睡眠薬……」

「……だから、ご飯を食べた後、あんなに眠かったのか……」

昨日、尋常《じんじょう》でない眠気を感じたと思ったらそういうことかと、コリンはそのことには納得した。

だが、メイの告白は終わらない。

「そして、先生も護衛の人たちも、全員眠らされたです」

「全員……」

「そしたら、あの人たちが私たちを攫ってきたんです……」

その言葉に、全員絶望の表情を浮かべた。

自分たちは、人攫いに攫われた。

これから一体どうなるのか、さっきの男が言ったように、どこかに売り飛ばされるのか、それとも殺されるのか。

突然訪れた絶望に、皆絶句《ぜっく》し、悲鳴をあげることすらできない。

そんな中、アグネスがあることに気が付いた。

「ちょっと待ってくださいませ。メイ姫様？　どうしてそんなことをご存じですの？」

そういえばと、全員がメイを見た。

メイの言葉は、あまりに詳細《しょうさい》すぎる。

まるで見てきたような……。

すると、メイの瞳《ひとみ》から、涙が溢《あふ》れ出《で》た。

「メ、メイ姫様⁉」

「ごめんなさいです……」

「え？」

「……起きてたです……」

「起きてた？」

復唱《ふくしょう》したアグネスの言葉に頷《うなず》くメイ。

そして、一つの告白をした。

「昨日話したペンダントのお陰《かげ》で、私には睡眠薬が効かないです……」

「そ、そんな効果が……」

「それで……眠らずに起きてたら……」

そのときの恐怖を思い出したのか、メイの涙が止まらない。

「あの人たちが来てぇ……皆さんを担《かつ》いでいってぇ……私……わたしぃ、魔法が使えるのに、怖くて、皆さんが攫われ、て、行くのを、見てるしかなくてぇ」

次第にしゃくりあげていくメイの言葉を、誰も遮《さえぎ》らない。

縛られた状態で、ジッと聞いていた。

「そし、たら、私も連れて、こられて、そのまま馬車に、乗せ、られ、て。こ、ここに、閉じ込め、られ、てぇ」

しゃくりながらも喋り終えたメイは、再度皆に言った。

「ごめんなさい！　ごめんなさい！　私が頑張らなきゃいけなかったのに！　怖くて！

何もできなくて！　ごめんなさい！」

涙ながらに謝罪するメイに向かって、アグネスが思わず叫んだ。

「そんな！　謝らないでくださいまし！」

「そうですよ！　そんなの怖くて当たり前ですよ！」

「むしろ、起きてるのを悟られなかった方が凄《すご》いですよ！」

アグネスに続いて、他の生徒たちもメイを励《はげ》ました。

「み、皆さん……」

皆から責められることを覚悟していたメイは、思わずキョトンとしてしまった。

「だから、これ以上謝らないでください。メイ姫様は、何も悪いことなんかしてませんから」

「むしろ悪いのはアイツらですわ！　メイ姫様を攫うなんて、許せませんわ！」

「いや、アグネスさんも攫われてるからね」

「そうでしたわ！」

「……ふふ」

そして、突如《とつじょ》始まったコリンとアグネスのやり取りに、メイは思わず笑ってしまった。

「あ、笑ってくださいましたわね」

「良かったです」

「あ……」

　そんなメイを見て、アグネスとコリンは、安心したように笑った。

「メイ姫様に涙は似合いませんわ」

「そうですよ。やっぱりメイ姫様は笑っていらっしゃらないと」

「だな」

「笑顔の方が似合ってますよ」

「皆さん……」

「ああ、ほら、また泣いてますわ」

「う……はいです！　もう泣かないです！」

　メイは皆からの励ましを受けて、ようやく笑顔を取り戻した。

　しかし、現状がピンチなのには変わりない。

　どうすればいいのか、縛られた手足でもぞもぞと身体を寄せ合い、皆で相談することにした。

「そういえば、メイ姫様は魔法が使えるんですよね？」

「はいです」

「なら、メイ姫様の魔法でこの牢屋を壊しちゃえばいいのでは？」

　生徒の一人がそう提案するが、メイは少し落ち込んだ顔になってしまった。

「人を一人倒す程度の魔法なら使えますけど……牢屋を壊すほどの魔法は、まだ使えないです」

「あ、そうなんですか……」

この歳で人一人を倒す魔法が使えるだけでも凄いことなのだが、残念ながら現状それでは事態を打破《だは》できない。

さらに皆で話し合おうとするが、これといった案もない。

万事休《ばんじきゅう》すかと思われたが、コリンが言った一言で事態が急変した。

「こう……軍で使われているような魔道具でもあれば、牢屋を壊して脱出できるんですけどね……」

「魔道具……」

そのコリンの一言で、メイはある魔道具の存在を思い出した。

「あ！」

「ど、どうされたんですか？」

「皆さん、起き上がれますか？」

「え？　は、はい。なんとか……」

縛られているのは、手首と足首だけなので、起き上がろうと思えばすぐに起き上がれた。

「そしたら、私を囲むように座ってください」

「え、ええ。分かりましたけど……一体どうされたんですか？」

メイの指示に従いながらも、この行為にどういう意味があるのか分かっていないアグネス。

そんなアグネスに、メイは説明する。

「皆さん、絶対に大声は出さないでくださいね」

「え、ええ」

「今から、助けを呼ぶです」

「え？」

「さっきのコリン君の話で思い出したです。私、シンお兄ちゃんから、遠くにいてもお話ができる魔道具を貰ってたです」

「なっ……」

「しーっ！」

メイの説明に思わず大声を出しそうになったアグネスを、なんとか黙らせるメイ。

アグネスが口をギュッと噤《つぐ》んだことを確認したメイは、続きを話し出した。

「あんまり使わないから、すっかり忘れてたです。この魔道具で助けに来てもらうです」

「そ、それは素晴らしいですわ！　では早速……」

「待って」

「なんでですか？　コリン君」

アグネスが、すぐに助けを呼ぼうと言いかけたところで、コリンからストップがかかった。

なぜ今止めるのか、メイも首を傾《かし》げる。

「連絡をする前に……ここがどこかお分かりですか？」

「あ……」

コリンの言う通りだった。

確かに、メイはシンたちに助けを求めることはできる。

だが、今監禁されている場所がどこか分からない状況で助けを呼んでも、すぐに来られるはずがない。

結局、連絡をしても助けが来ない可能性があるのだ。

せっかく最高の方法を思いついたと思ったのに、致命的《ちめいてき》な欠陥《けっかん》に気が付いたメイは、深い溜め息を吐いた。

「はぁ～……せっかくいい方法を思いついたと思ったですのに……」

「ええ、凄くいい方法だと思います」

「え？」

「なので、連絡を入れる前に、ここがどこだか、おおよその予測を立てましょう」

「そ、そんなことできるですか⁉」

コリンの言葉に、思わず大きな声を出してしまうメイ。

慌てて自分の口を塞《ふさ》ぎ、先ほど男が出ていった扉を見るが、開く様子はない。

そして、これも今まで忘れていたのだが、見えない扉の向こうが分かればいいのにと考えたときに、ようやく索敵魔法のことを思い出した。

メイが索敵魔法を使うと、扉の前には人はおらず、少し離れたところにいた。

これなら話をしていても大丈夫だと確信したメイは、コリンに向き直った。

「それで？　どうやるです？」

だがコリンは、メイの方を見て不思議そうな顔をしている。

「どうしたです？」

「あ、いえ。急に黙ったので、どうしたのかと思いまして」

「え？　ああ、索敵魔法を使ってたです。使えるようになってたのを忘れてたです」

これが、魔法を使うことに慣れた大人であったら、なんという間抜けなのかと非難されるところだろうが、メイは王女で、しかもまだ子供であり、普段魔法を使う機会などほぼない。

そんな少女に、すぐに素敵魔法を使って現状を確認しろというのは酷《こく》な話だろう。

だが、メイのその告白は、コリンに衝撃をもたらした。

「メイ姫様、凄いです！　そしたら、この建物に僕たち以外の人間が何人いるか分かりますか？」

「ちょっと待ってください。えーっと……一、二、三……十二人です」

「そうしましたら、それも一緒に連絡しましょう」

「あ、それがいいです」

「で、ここの場所を予測する方法なんですけど……」

「はい」

「メイ姫様は、ずっと起きてらしたんですよね？」

「はいです」

「でしたら、馬車がどれくらいのスピードで走っていたか分かりますか？」

「どれくらい……と言われても……」

「普段乗ってらっしゃる馬車と比べてでいいです。いつもより速かったとか、遅かったとか」

「いつもよりは、少し速かったです。馬車がいつもよりガタガタしてました」

「特別速かったわけではないんですね？」

「はいです。あれ以上速くなると、荷台の上で飛び跳ねるです。でも、そんなことなかったです」

「となると、速度は……ここに着いたのはいつ頃ですか？」

「夜が明けてすぐくらいです」

「僕たちが連れ去られたのは、夕食を食べた後すぐですか？」

「少し時間が空いてたです。眠れなくてゴロゴロしてましたから」

「となると移動時間はこれくらいで……メイ姫様、最後の確認です。夜が明けたとおっしゃいましたが、太陽はどちらから昇ってきましたか？」

「えっと……御者席《ぎょしゃせき》の後ろにある窓から荷台に光が入ってきてたです」

「ということは……」

そう言った後、少し俯《うつむ》きながらブツブツ言い始めたコリンは、しばらく経った後、何かが分かったのか、バッと顔をあげた。

「そうか、分かったぞ」

「何が分かったです？」

「ここの位置です！」

「え、ええ⁉」

「コリン君！　なんで分かるの⁉」

コリンのその発言に、メイだけでなくアグネスも驚きの声をあげた。

「簡単なことだよ。まず、僕らが乗せられた馬車は、僕らが街中で乗っている馬車より少し速い速度で走っていた。ということは、一時間で大体これくらい進む」

「う、うん」

「そして、その馬車が移動していた時間は大体これくらい……すみません、メイ姫様。馬車は途中で止まったりしましたか？」

「あ、はい。途中で結構な時間止まってたです」

「どれくらい止まっていたか、分かりますか？」

「……ごめんなさい。正確な時間は分からないです」

「ああ、いえ大丈夫です。時計もなしにそんなの分からないですから。長く休んでいたことが分かっただけでも十分です」

「それがどうしたんです？」

「馬車が長時間止まる理由というのはそう多くありません。ましてや、この馬車は誘拐した僕たちを乗せている。御者などが食事やトイレで止まった場合も、そんなに長い時間は止まるとは思えません。となると、それ以外の原因で長時間止まっていたんです」

「そ、それ以外とは？」

「馬ですよ。魔道具を使えば、馬はずっと走り続けることができる。ですがそれがないと、わりとこまめに休憩を取らないと馬が持たないんです」

「あ、それで途中で止まった時間を気にしたんですね？」

「ええ。その休憩時間の有無で実際の馬車の移動距離が違いますからね」

「……段々難しい話になってきたです……」

「そして、太陽の昇ってきた位置ですが、どこから昇ってきたのかが分かれば、馬車がどちらに進んだか分かります」

「ということは……」

メイは、期待を込めた目でコリンを見た。

そして、それを受けたコリンは。

「ええ。ここがどこなのか、分かりました」

笑顔でそう答えたのだった。

「わあっ」

「……っ！」

その笑顔を見て、メイはこのピンチを脱することができると純粋に喜んでいたが、アグネスはコリンのその頼もしい笑顔にハートを撃ち抜かれて悶絶《もんぜつ》していた。

隣でクネクネしているアグネスは気になるが、それよりもメイはコリンに現在位置を聞くことを優先した。

「それで？　ここはどこなんですか？」

「僕たちが宿泊した地点から東側に、通常の馬車のスピードで半日ほど行ったところに、昔の魔物の大発生時に壊れてしまって廃棄《はいき》された砦《とりで》があります」

「ということは……」

「その廃棄された砦でしょうね。こういった廃墟《はいきょ》は、盗賊やならず者たちの拠点に使われてしまうことが多いんです」

コリンの言葉に、皆希望を持った。

そして、その希望に満ちた視線を、今度はメイに向けた。

メイは、その視線を受けて異空間収納から無線通信機を取り出そうとして……。

「あ……」

両手が縛られていることに気が付いた。

「……しょうがないです」

メイは、そのまま異空間収納を開き、無線通信機を取り出し、手探りのまま、無線通信機の通信ボタンを押した。

しばらく待っていると……。

『……はーい。誰え？』

無線通信機の向こうから、寝起きの様子の少女の声が聞こえた。

「ア、アリスおねえちゃん、メイです」

後ろ手に縛られているメイは、無線通信機のダイヤルを狙って操作できない。

なので、直前に通信した相手にかかったのだ。

メイがここ最近通信している相手といえば、アリスがほとんどなのである。

『おー、メイ姫様。こんな朝早くからどうしたのさ？』

アリスが、ふわあ、と大きな欠伸《あくび》をしたのが通信機越しに分かった。

そのあまりにもいつも通りの反応に、メイは安心感に包まれた。

この人なら助けてくれる。

いつも、王都を先頭切って飛び跳ねているアリス。

メイは、その後ろ姿に、憧《あこが》れにも似た気持ちを持ち始めていたのだ。

そんなアリスが、通信機の向こうにいる。

そう思ったら、メイの瞳からまた涙が溢れた。

「う……ひっく」

『メイ姫様⁉　どうしたの、泣いてるの⁉』

「アリスおねえちゃぁん……」

『え？　ま、まさか殿下《でんか》に泣かされちゃったの⁉　わ、悪いんだけど、殿下を窘《たしな》めるのはあたしには荷が重いなあ……そういうのはシン君に……』

「たすけてください……」

『……メイ姫様？　どうしたの？』

メイの尋常ではない様子にアリスも気付き、いつもの軽い感じから真剣な声色《こわいろ》に変わった。

その様子を感じ取ったメイは、現状について話した。

そして、今いる場所も。

「このままだと、私たち、どこかに売られるか、殺されちゃうです……」

『この話、シン君にはしたの？』

「手を後ろで縛られちゃってるので、通信機のダイヤルが合わせられないです……」

『ああ、だからあたしのところにかかってきたのか』

「はいです」

『魔法でロープを切れない？』

「……手首ごと切っちゃいそうで怖いです……」

『分かった！　絶対やっちゃ駄目だよ⁉　あたしたちが助けに行くから、それまで待っててね』

アリスからの頼もしい一言。

その言葉に、メイは思わず笑顔になった。

「はいです！」

『じゃあ、一旦《いったん》切るよ。皆にも知らせないといけない』

「分かりました。大人しく待ってるです」

『あ、そうだ。しばらくしたら、もう一回かけてきてくれない？　そちらの状況を知っときたいから』

「分かったです」

『うん、じゃあね。頑張れ！』

「はいです！」

こうして、アリスとの通信は終わった。

メイは、助けを呼ぶことができたことに安堵し、ホッと息を吐いた。

そうして皆の方を見ると……皆呆《ほう》けた顔をしていた。

「メイ姫様……今の……なんですか？」

その皆を代表して、コリンがメイに声をかけた。

「あれが、シンお兄ちゃんから貰った、遠くの人と話せる魔道具です」

「え、それって、最近軍で採用されたっていう通信機のことですよね？」

「はいです」

「でも、あれって……線を引っ張ってこないといけないって聞いたんですけど……」

「シンお兄ちゃんは、それの無線版を開発してたです」

「……」

あまりの衝撃《しょうげき》に思わずアングリと口を開けて呆けてしまうコリン。

通信機だけでも、世紀の大発明だと思っていた。

ところが、すでにシンは、それをはるかに上回る魔道具を開発済みだった。

コリンはこのとき、ようやく父トムが言っていた『シンの作る魔道具は、素晴らしいものも多いが、口外《こうがい》できないものも多い』という言葉の真の意味を理解した。

確かに、この魔道具は凄すぎる。

これが世間に流通するようになったら、世界が変わってしまうほどの代物《しろもの》だ。

その魔道具を目の当《まあ》たりにし、コリンは皆に言い聞かせた。

「みんな、今メイ姫様が使った魔道具のことは、正式に発表があるまで絶対に口外しちゃだめだよ」

「ええ？　なぜですの？」

さすがのアグネスも、こんなに美味《おい》しい話のネタを口外しちゃいけないというコリンには少し不満そうな顔を見せた。

だがコリンは、真剣な顔をしてメイに確認した。

「メイ姫様。この魔道具を貰う際に、シン様から何か言われましたか？」

「んー、シンお兄ちゃんからというより、お兄様から注意されたです」

「殿下から？」

「はいです。この魔道具のことは絶対口外しちゃいけない。もし誰かに知られたら、今まで受けたことのないお仕置きを……してやる……って……」

メイはアウグストの言葉を思い出しながら、段々真っ青になっていった。

そして、周りにいる皆を見渡した。

「こ、このことは、どうか内緒にしておいてください……」

手を後ろに縛られた状態で、深々と頭を下げるメイ。

それだけ必死なのだ。

「メ、メイ姫様！　頭を上げてください！」

「駄目です！　皆さんが、絶対に内緒にしてくれると約束してくれるまで頭は上げません！」

「分かりました！　分かりましたから！　絶対に言いませんから！」

「本当ですか⁉」

「お約束します！」

アグネスのその言葉を聞いたメイは、他の生徒たちにも視線を向けた。

そのメイの必死な目に、思わず首を縦に振る生徒たち。

その姿を見て、ようやくメイは安堵した。

ひとまず、この無線通信機についての注意も終わったコリンは、次の段階に話を移した。

「それで、先程、アリス様が仰《おっしゃ》ってましたが、しばらくしたらまた通信してほしいとのことですが」

「あ、そうでした」

「メイ姫様も、後ろ手に持ったままだと辛いでしょうし、人攫いたちにも見つかってしまいます」

「そうですね……」

「なので、メイ姫様の服の胸元《むなもと》に入れて隠しておいて頂けませんか？」

「あ！　それなら手に持たなくていいですから、バレないです！」

そうして、早速無線通信機を胸元に隠そうとしたメイだったが……。

「……どうやって？」

思わずコリンを見るメイ。

するとコリンは。

「アグネスさん」

「はい？」

「メイ姫様から通信機を受け取って、胸元に隠してもらえる？」

「あ、分かりましたわ！」

元々コリンは、アグネスに頼むつもりだったのだろう。

迷いなくアグネスを指名した。

そうして、後ろ手同士で無線通信機を受け渡し、アグネスは後ろ向きのまま、メイの服の胸元に隠そうとした。

だが……。

「んっ。あれ？ どこですか？」

「あっ、ちが……そこじゃないです！」

「え？ こ、ここですか？」

「ひゃあ！ くすぐったいです！」

「んんっ、難しいですわ」

「ちょっと待って！ 服が！ 誰かに胸元を開いてもらわないと無理です！」

後ろ向きなので、狙いが定められないアグネスは、何度も狙いを外し、無線通信機をメイの身体にグリグリと擦《こす》り付《つ》ける結果になってしまった。

しかも、メイの服はわりと隙間《すきま》がなく、誰かが胸元を開いていないと入れられないことも判明した。

これはさすがに予想外だったコリンは、慌てて周りを見回し……。

「ええと、あなた」

「あ、はい！」

「すみませんが、メイ姫様の服の胸元を開いておいていただけませんか？」

「わ、分かりました」

こうして、コリンから指名された女子生徒がメイの方へもぞもぞと近付き、これまた後ろ向きでメイの服の胸元を開こうとして……。

皆がこちらに注目しているのを見た。

「男子！　あっち向いてなさい！」

『あ、はい！』

女子生徒たちに睨《にら》まれ、慌てて身体ごと視線をそらす男子生徒たち。

男子たちの視線がなくなったことを確認した女子たちは、皆でメイの胸元に無線通信機を隠すのであった。

「うひっ！　ちょっ！　くすぐったいです！」

そして幸いなことに、これだけ騒いでも、誰も見回りに来なかった。

◆

警備局長であるデニスからの報告の後、アウグストもウォルフォード家に現れた。

なんとも重苦しい空気の中、誰も口を開こうとしなかった。

そんな中……。

「⁉　はい！」

突然、シンの無線通信機の着信ベルが鳴り、慌てて出た。

もしかしてメイからか？　と思ったが、残念ながらかけてきたのはアリスだった。

『シン君！』

「なんだ、アリスか……」

一瞬落胆《らくたん》したシンだったが、次の言葉に驚かされた。

『メイ姫様から連絡があった！』

「なっ⁉　ホントか⁉」

『うん！　今からそっち行っていい⁉』

「ああ！　頼む！」

アリスはシンの返事のあと、すぐに通信を切りゲートでウォルフォード家に現れた。

「わ、皆さんお揃《そろ》いだ」

「そんなことはどうでもいい。コーナー、メイから連絡があったというのは本当か？」

アウグストが、珍しく少しイライラした様子で、アリスに問いかける。

「はい。メイ姫様……魔法が使えるのに、皆を助けられなかったって、泣いてました
……」

「そうか……」

アリスの言葉に、少し思うところがあるのか、それ以降黙り込むアウグスト。

その代わりに、シンが怒りを露《あらわ》にした。

「そんなの、メイちゃん子供なんだから当たり前だろ！　メイちゃんを泣かせたって
……絶対ボコボコにしてやる！」

アリスもその気持ちは分かるので、今回は特に悪ノリしたりしなかった。

「あ、それと。メイ姫様から、監禁されてる場所を聞いてます」

『……は？』

アリスのその発言に、思わず声を上げてしまう一同。

「え？　なんで？」

シンが思わず聞いてしまうが、アリスは感心したように腕を組んで話しだした。

「なんか、一緒に攫われた子の中に頭のいい子がいるらしくて、馬車の移動してた時間

とか、朝日が昇ってきた方角とかから、位置を特定したんだって」

「……それは凄いな」

「どこの子なんだい？」

アウグストとディセウムは、起死回生《きしかいせい》の情報となる監禁場所の特定をしたその生徒のことを知りたがったのだが……。

「いやあ、さすがに聞いてないです。そんな余裕なかったですから」

「それもそうか」

「というか、無事に助けて本人から直接聞けばいいんですよ！」

「……そうだな」

アウグストはそう言うと、アルティメット・マジシャンズの他のメンバーにも連絡を取り、皆でメイから聞いた監禁場所に行こうということになった。

「あ、殿下、すみません。ちょっと家に忘れ物したので、取りに帰っていいですか？」

「ん？　ああ、構わんぞ」

「じゃあ、失礼しまーす」

アリスは、いつもの軽い感じでウォルフォード家から、再びゲートで自宅に戻った。

ゲートから出てきたアリスは、無線通信機を取り出すと少し経ってから発信ボタンを押した。

「……あ、リン？　もう起きてる？　うん、殿下から通信きた？　うんその件。あのさ……」

リンと少し話をしたあと、アリスは言った。

「ちょっと、相談があるんだけどさ……」

通信機に向かって話しているアリスの顔は……怒りのあまり、表情が抜け落ちていた。

◆

シンやアウグストからの連絡を受けて、ウォルフォード家に集結するアルティメット・マジシャンズ。

ただ、そんな中いまだに到着していない者がいた。

「遅い！　コーナーとヒューズは何をしている⁉」

先ほど無線通信機で連絡をとったリンと、忘れ物を取りに帰ったアリスが、まだ到着していないのだ。

「時間をかければかけた分だけ、メイの身が危うくなるというのに……」

いつもメイをからかって遊んでいるアウグストだが、やはり妹のことは心配なのだ。

アリスから告げられた場所は、知識としては知っているが誰も行ったことのない場所。

ということは、ゲートでは行くことができない。

シンの浮遊魔法《ふゆうまほう》を使って行くのが最速なのだ。

なので全員でウォルフォード家に集まっているのだが、いつまで経ってもアリスとリンが来ない。

そのことにイライラしていると、シンが口を開いた。

「無線通信機ですぐに来るように連絡しよう」

「！　そうか、その手があったか！」

前世の記憶を持っているシンは、携帯電話の使い方に慣れているが、この世界の人間であるアウグストにはその発想が思い浮かばなかった。

早速、アウグストがアリスに、シンがリンに無線通信機で呼び出しをするが……。

「おい、コーナー！　……ん？」

「あ」

一旦繋《つな》がったかに思えた無線通信機が、すぐに切れた。

シンの方も、少し時間を置いて切れた。

「なんだ？　故障か？」

アウグストは、無線通信機の不調を疑うが、シンは別のことに気が付いた。

「あ、あいつら……」

「なんだ？」

何かに気が付いた様子のシンに、アウグストが声をかける。

すると、シンから驚きの内容が告げられた。

「あいつら……着信拒否しやがった」

◆

アウグストたちが、ウォルフォード家でアリスとリンの到着を待ちわびていたころ、当の二人はウォルフォード家には向かっていなかった。

「アリス、この行動は問題にならない？」

アリスたちは、合流したあとゲートをウォルフォード家ではなく、王都の外に繋いだ。

そしてジェットブーツを駆使《くし》し、メイから聞いた監禁場所に向かっていた。

「なるかもね。でも……」

ジェットブーツの連続使用で空中を闊歩《かっぽ》しながら、アリスは言った。

「メイ姫様を泣かした犯人たちは、この手でぶっ飛ばしてやらないと気が済まない」

リンと合流したときから、ずっと無表情なままのアリス。

スイードで魔人相手にキレたときでもこんな表情はしなかった。

これは相当怒っているなと感じたリンは、反対することなくアリスに付き従った。

ただ、その行動は嫌々ではない。

リンも、最近ずっと一緒にいるメイのことを妹のように感じているので、冷静そうな外見とは裏腹に、内心は相当怒っている。

リンも、犯人たちは自分の手で成敗《せいばい》しないと気が済まない状態だ。

「分かった。怒られるときは一緒」

「ごめんね、リン。あたしの我《わ》が儘《まま》に付き合わせて」

「いい。私たちは『魔法少女キューティースリー』。三人揃ってないと意味がないし、仲間の窮地《きゅうち》を救うのは当然のこと」

「……うん。ありがと」

そんな会話をしながら目的地を目指している二人の姿は、例の魔法少女の格好である。

別にふざけているわけではなく、この魔法少女の服には『光学迷彩《こうがくめいさい》』という付与がなされており、なおかつインカム通信ができる。

ジェットブーツの連続使用による移動は、知らない人が見たらおかしな光景に見えることだろう。

そのことに配慮してのことだった。

日頃から魔法少女として活動しているときの移動方法なので、さりげなく魔道具を二つ同時に使うという高等技術を二人は身に付けているのである。

　そうして移動している最中に、懐に入れてある無線通信機から着信を知らせるベルの音が聞こえた。

「リン、ちょっと待って！」

　メイに、時間を置いて連絡するように言っていたのでアリスはリンを呼び止め、無線通信機を出した。

　光学迷彩を解除したことで互いの姿が見えるようになったのだが、ここであることに気が付いた。

　リンの無線通信機も鳴っていたのである。

　アリスは少し迷ったあと、無線通信機の通話ボタンを押した。

『おい！　コーナ……』

　その無線通信機から、アウグストの声が聞こえた時点で反射的に通話を切ってしまった。

　その行動を見ていたリンも、一旦通話ボタンを押したあと、すぐに切った。

「……これでますます怒られるね」

「今はメイ姫様の救出が最優先。しょうがない」

「そうだね。しょうがないね」

この世界で初めて着信拒否をした二人は、再び光学迷彩を起動し、メイたちが捕らえられている場所に急ぐのだった。

◆

「あの馬鹿者どもめ！　何を考えている！」

着信拒否をされたアウグストが怒っているが、シンはなぜ二人がそんな行動に出たのか考えていた。

「もしかしたら……二人はもう現地に向かっているのかも」

「何⁉」

その予想に、驚くアウグスト。

「いや、あの二人って最近メイちゃんと仲いいだろ？　一緒に魔法の練習して、一緒に俺のプレゼント作って、一緒に王都で悪人を成敗して」

「ああ。全く、もう少し王族らしい振る舞いはできないものか……」

「お前がそれを言うな。っと、そんな話はどうでもいい。つまりさ、あの二人はそんなことにも付き合ってあげるほど、メイちゃんを可愛がってる」

「……そうだな」

「そんで、メイちゃんはあの二人のことを『おねえちゃん』って呼んで慕ってる。ってことはさ……」

シンはそう言うと、アウグストを見た。

「あの二人、相当怒り狂ってるんじゃないのか？　だから、自分たちでメイちゃんを救出しようと動いたんじゃ」

シンの話を聞いたアウグストは、溜め息を吐いた。

「そうかもしれんな……」

そして、またちょっと怒ったような顔をした。

「あいつら、メイは私の実の妹だということを忘れていないか？　私だって相当頭にきているのだぞ」

「それも分かってるよ。とにかく、アリスとリンは単独で現場に向かったと考える方がよさそうだ。なら、俺たちも後を追おう」

「ああ。皆、聞いての通りだ。コーナーとヒューズに後《おく》れを取るわけにはいかん。すぐに向かうぞ！」

『はい！』

「シン、頼む！」

「ああ！」

こうして、アリスとリンを除く、アルティメット・マジシャンズ十人も、浮遊魔法を使って現場に向かった。

◆

アリスに連絡を取ったあと、四苦八苦しながら服の胸元に無線通信機を入れてもらったメイ。

しばらく経ってから連絡をと言われていたので、そろそろ頃合いかと通信機の発信ボタンをアグネスに押してもらった。

「アリスおねえちゃん？　聞こえますか？」

『聞こえるよ。メイ姫様、今大丈夫なの？』

「はい。今は誰もここには来てないです。近くにもいないです」

『今そっちに向かってるから安心して。もうすぐ着く』

「分かったです」

『それと、こっちから話しかけるとあたしたちの声が聞こえちゃうから、これ以降は話しかけないけど、ちゃんと聞いてるからね』

「はいです。アリスおねえちゃん、ありがとうです」

『うん。じゃあ』

アリスはそう言うと、それ以降口を噤んだ。

メイが索敵魔法に動きを感じたのは、そのすぐあとだった。

「……誰か、こっちに来るです」

メイのその言葉に、アグネスたちの間に緊張が走る。

今のメイは、胸の真ん中が不自然に膨《ふく》らんでいる。

それを見咎《みとが》められると、メイが無線通信機を持っていることがバレる。

アグネスたちは、必死に身体を動かしてメイを顔以外は見えないように隠した。

その行動が終わると同時に、牢《ろう》がある部屋の扉が開いた。

「んん？　なんだ？　妙に大人しいじゃねえか」

人攫いに攫われた場合、大人ですら泣きわめくものである。

だというのに、今牢の中にいる子供たちは泣いてもいない。

しかも、中にはこちらを睨んでくる子供までいる。

そのことを人攫いの男は不快に思った。

「あ？　なんだ、ガキ共、いっちょ前に睨んできやがって。逃げられるとでも思ってんのか？」

男はそう言って睨みを利かすが、子供たちは睨むのを止めない。

そのことを益々不快に思った男は、子供たちを絶望に落としてやろうと今後の予定を話し始めた。

「けっ！　そんなに睨んだって無駄だぜ？　お前らは身代金を奪ったあと始末されるんだ。あと数時間でな」

男の言葉を聞いた子供たちは、初めて驚愕に満ちた顔をした。

その表情に気を良くした男は、さらに言葉を続ける。

「はっ！　今売り出し中のアルティメット・マジシャンズだって、そんな短時間じゃあここを捜し当てるなんてできやしねえ！　テメエらの運命はもう決まってんだよ！　分かったか⁉　このクソガキども‼」

最後に大声を出して恫喝した男は、子供たちの顔に絶望の色が浮かんだことに満足し、この場を去っていった。

だが、男は知らなかった。

すでにこの場所は特定されていることを。

そして……。

「アリスおねえちゃん……助けてくださいです……」

先ほどの男の言葉と、メイの言葉を、アリスが聞いていたことを。

◆

「どうでしたあ？　子供たちの様子はあ？」

野外合宿の宿泊地でサムと話していた、人攫いたちのリーダーと思われる男が、牢から戻って来た男に訊《たず》ねた。

「生意気そうな態度だったから、一発脅してきてやったぜ」

「ふん？」

「なんかよう、ガキのくせに泣《な》き喚《わめ》くでもなくコッチに睨みを利かせてきやがって。これだから貴族のガキってのは気に食わねえ」

それを聞いた、人攫いたちと行動を共にしていたサムがある推測を答えた。

「奴らは貴族や豪商の子供だからな。日頃から誘拐《ゆうかい》されるリスクを考えているんだろう。別に不思議じゃないさ」

サムの言葉を聞いた男たちは、そんなもんかと思ったが、ある男が別の可能性を口にした。

「それか、例のアルティメット・マジシャンズが助けに来てくれるとでも思ってんじゃねえのか？」

その言葉を聞いた人攫いたちは、揃って笑い出した。

「あっはっは。貴族の子供とはいえ、やはりガキだねえ。そんなに都合よく正義の味方が現れるわけないだろうに」

男の言葉に再度笑いが起きる。

「いくらアルティメット・マジシャンズでも、居場所が分からなきゃ何にもできないってのによ！」

「ぎゃはは、お子様だからな、そんなの分かってねえんだよ！」

「世の中、そんなに甘くねえっての！」

「そうそう、俺たちは世間の厳しさを教えてやる心優しい悪党なのさ」

そして再度起こる爆笑。

だがその笑いは、一瞬にして止んだ。

突如《とつじょ》として、砦の一部が大音量をあげて吹き飛んだからだ。

「なっ⁉　なんだ⁉」

「ぐわっ！　み、耳が！」

「こ、こっちか⁉」

突然の出来事に混乱するサムと人攫いたち。

吹き飛んだのは、先ほど男が出てきた牢のある場所とは反対の方向だった。

どこの誰だか分からないが、襲撃をうけたことは間違いない。

突如理由もなく攻撃されたのならその場から逃げ出す選択肢もあったのだが、現在の彼らは犯罪行為の真っ最中。

襲撃者は速やかに排除《はいじょ》しないといけない。

男たちは、砦が吹き飛ばされた場所に向かって駆け出した。

「くそっ！　どこだ‼」

「隠れてないで出てきやがれ‼」

口々にそう喚きながら周囲を捜す人攫いたち。

だが、肝心《かんじん》の襲撃者の姿は見当たらない。

人攫いたちが苛立ちを募《つの》らせていると、再び轟音《ごうおん》が鳴り響いた。

「うおっ！　またですかあ⁉」

「くそっ！　なんだこれは⁉」

人攫いのリーダーもサムも、この予想外の出来事に狼狽《ろうばい》するしかなく、今どこが吹き飛んだのか確認することができなかった。

そして、今吹き飛んだと思われる場所に移動しようとすると、また砦の一部が吹き飛んだ。

「ちくしょうっ！　何がどうなってやがる⁉」

「くそったれがっ！　出てこい、卑怯者！」

三度砦を爆破され、人攫いたちの混乱はピークに達している。

その混乱で、今自分たちが砦のどの辺りにいるのかも見失っていた。

そうして、怒りと困惑に支配された男たちの耳に、ある声が届いた。

「そこまでだよ！」

聞こえてきたのは、少女のものと思われる声。

男たちは、キョロキョロと周囲を見回す。

「女の声だと⁉　ふざけやがって‼」

「出てきやがれ‼」

「あ！　あそこだっ‼」

周囲を見回していた男のうちの一人が、あるものを見つけた。

それは、砦の上層に立つ三つの人影である。

その姿を確認した男たちは、もう怒りが抑えられない。

「テメエらか！　ふざけた真似しやがったのは！」

「下りてこい！　ギタギタにしてやる！」

「うるさい‼」

口々に罵声を浴びせてくる男たちに対して、その影の中心にいる人物が叫んだ。

「年端《としは》も行かない子供たちを誘拐するなんて許せない！　あたしたちが成敗してやる！」

「な、なんだとっ⁉　ま、まさか⁉　アルティメット・マジシャンズか⁉」

自分たちが子供たちを誘拐した事実を知っている。

サムはそのことから、現れたのが王家とも繋がりの深いアルティメット・マジシャンズではないかと推測した。

まあ、当たりではある。

だが、サムの言葉を聞いた三つの影は、ポーズを決めながら各々口上《おのおのこうじょう》を述べた。

「あたしたちは、どんな悪事も見逃さない！」

「魔法の力で無理矢理解決」

「我ら‼」

「「「魔法少女キューティースリー‼」」」

人攫いたちは、三人の少女たちの後ろに三色の爆炎が巻き起こるのを幻視《げんし》しながら、ポカンと口を開けて固まってしまったのだった。

◆

時は少し遡《さかのぼ》る。

『アリスおねえちゃん……助けてくださいです……』

人攫いの男の恫喝を聞いて怒りに胸を震わせていたアリスは、メイの言葉を聞いて光学迷彩を解除し、ジェットブーツに込める魔力を上げ、さらにスピードを上げた。

「！　アリス、待って！」

リンもアリスに倣《なら》って光学迷彩を解除し、ジェットブーツに込める魔力を上げる。

もし、このとき周囲に人がいたなら、何かが高速で通り過ぎたとしか認識できなかったであろう。

それほどの速度だった。

無線通信機が繋がったままなので、無言のまま目的地を目指すアリスとリン。

やがて、リンがあることに気付いた。

「アリス！　あそこ！」

「‼」

リンが廃墟となった砦を発見した。

そして二人は索敵魔法を展開し、砦にいる人間の魔力を探索した。

「見張りはいないみたい」

リンがそう言うと、アリスは一気に砦まで近付いた。

そして、砦の中に索敵魔法をかける。

すると、人間が固まっている場所が二つ感知できた。

これは、一つはメイたちで、もう一つが人攫いたちだろうと予測できた。

ここで、アリスはメイから受けた報告のうちの一つを思い出した。

『人攫いたちは、全部で十二人』という情報だ。

それを思い出したアリスは、各々の魔力の塊を確認した。

そして、その数から人攫いたちと思われる方を特定。

全員がひと塊になっており、メイの側には誰もいないことを確認した。

「メイ姫様、アリスだよ」

『!! アリスおねえちゃん！』

「しっ！　今は近くに誰もいないけど、大きな声を出しちゃ駄目だよ」

『ご、ごめんなさいです……って、もしかして……』

「うん。もう近くまで来てる」

『よ、良かった……良かったです……』

全員始末すると脅された後であったため、メイは安堵のあまり涙声になっていた。

アリスも、メイがまだ無事であったことに安堵し、そしてこれからの行動について説明した。

「メイ姫様、今からこの牢とは反対側を爆破するよ。その隙にそこまで行くから驚かないでね」

『はいです』

「で、メイ姫様たちを救出したあとなんだけど……」

ここでアリスは、メイにある提案をした。

「どうかな？」

そのアリスの言葉を聞いたメイは、即答した。

『やるです！』

メイの返事を聞いたアリスは、満足そうに頷いた。

「うん。分かった。じゃあ、思いっきりやろう！」

『はいです！』

そして、アリスはジェットブーツで砦の上空に飛びあがり、牢と反対側に向かって特大の炎の魔法を撃ち込んだのだ。

そして、二度目の爆発。

それは、メイたちが監禁されている牢を吹き飛ばした爆発だった。

索敵魔法でメイたちがいない場所を狙い、牢ごと吹き飛ばすアリス。

いくら人がいないところを狙ったとはいえ、余波《よは》というものがある。

『わあああっ!!』

アリスから驚かないでと言われていても、爆風に吹き飛ばされて転がされてしまえば、さすがに驚かないわけにはいかない。

悲鳴をあげながら転がるメイたちの前に、牢の外から人が入ってきた。

もうもうと上がる煙の中から現れたのは……。

「アリスおねえちゃん！」

「メイ姫様！　だいじょ……ぶ？」

生徒たち全員が、壁際《かべぎわ》にもみくちゃな状態で転がっている光景を見て、さすがにちょっとやりすぎたかと反省するアリス。

「あ、あはは。加減間違えちゃった」

そう言って頭を掻《か》いているアリスを、生徒たちは唖然《あぜん》と見ていた。

苦もなく牢を破壊したこともそうなのだが、その格好に驚いたのだ。

それは、王都で噂になっている『魔法少女』と呼ばれている者と同じだったのだ。

しかもメイは、その魔法少女をアリスと呼んだ。

つまり、魔法少女の一人がメイであることをアグネスとコリンは知っていたが、まさかリーダーと思われる人物が、アリスだとは思いもしなかったのだ。

そんな生徒たちの困惑《こんわく》をよそに、アリスはメイたちを拘束しているロープを、魔法で次々と切っていく。

「ありがとうです！　アリスおねえちゃん！」

まずメイを解放し、残りを解放していく。

その間に、もう一回爆発が起きた。

これは、アリスがメイを救出している間の時間稼ぎのためにリンが砦を爆破した音である。

その爆音と衝撃《しょうげき》を感じながら、生徒たちはアリスに注目していた。

「さて、皆は逃げて……と言いたいところだけど、ここから不用意に出ると魔物の餌《えさ》になっちゃうからね。安全なところはないかもだけど、身を潜《ひそ》めていてくれるかな？」

「は、はい！　分かりました、アリス様！」

「ア、アリス様⁉」

コリンの思わぬ呼び方に、アリスは狼狽した。

「はい？　えっと、なにかいけなかったでしょうか？」

「い、いや。うーん……こんな子供たちにまで様付けで呼ばれるなんて……」

そんなアリスを、コリンは不思議そうに見ていた。

「え？　だって、アルティメット・マジシャンズのアリス＝コーナー様ですよね？　ならアリス様と呼んで当たり前じゃないですか」

素で不思議そうなコリンを見て、アリスは思わず悶えた。

「う、うおお……今ならシン君の気持ちが分かるよ……」

シンは普段から、英雄だのなんだのと言われることがあまり好きではない。

アリスからすれば、シンが英雄と言われるのは当たり前だと思っていたが、実際自分がその立場になってみるとシンの気持ちがよく分かった。

とにかく、こっ恥ずかしいのだ。

「ア、アリス様、どうされたのかしら？」

「分かりませんわ……どこか具合でもお悪いのかしら？」

「コリン、お前、アリス様に何か失礼なこと言わなかったか？」

「ええ？　お返事をしただけだよ？」

そうして悶えているアリスに更なる追撃がくる。

もう身が持たないと思っていたところに、救いの手が差し伸べられた。

「アリスおねえちゃん！　お待たせしましたです！」

メイの言葉に、助かったと振り返るアリス。

その視線を、アグネスたちも追っていくと……。

『え？』

アグネスとコリン以外の生徒たちが、唖然としていた。

ちなみに、アグネスとコリンは苦笑である。

「よし。じゃあ、悪者退治といきますか！」

「はいです！」

アリスとメイは、そう言うと牢から出ていった。

取り残された生徒たちは、しばらく硬直していたあと徐々に再起動していった。

「な、なあ。あれ、最近王都で噂の『魔法少女』とやらだよな？」

「そ、そうですわ。私、一度直接見たことがありますもの」

「っていうか……その正体が、メイ姫様とアリス様？」

「確か、例の『魔法少女』って三人組だよな？　ってことは、もう一人もアルティメット・マジシャンズの誰かってことか？」

口々に先ほど見た光景について話している生徒たちを見ながら、アグネスとコリンは顔を見合わせて苦笑を零した。

「あの三人組のうちの一人が、アリス様だったのには驚きましたけど……」

「そうだね、それよりも……」

二人の思いは同じだった。

「メイ姫様、皆の前で堂々と正体明かしてたけど、いいのかな?」

メイはこのとき、全く何も考えていなかった。

◆

時は戻って、現在。

魔法少女の名乗りを受けた人攫いたちは、あまりの出来事にサム も含めてポカンとしていた。

そんな固まっているサムたちに向かって、アリスがビッと指を差した。

「悪逆非道《あくぎゃくひどう》な人攫いたちめ、このキューティーレッドが成敗してくれる!」

「ブルーも同じく」

「イエローもです!」

アリスに続いて、リン、メイも男たちに宣戦布告《せんせんふこく》する。

特にメイは直接の被害者なので、相当お怒りの様子だ。

そして、そんなことを言われた人攫いたちは……。

「ふ、ふざけやがって!!」

「なんだ！　その格好は⁉」

「本当にふざけんじゃねえ‼」

今から自分たちを倒すという台詞《せりふ》だけでも腹が立つのに、アリスたちの格好がさらに人攫いたちの感情を逆撫でした。

今から戦闘を行おうというのに、実にヒラヒラした服を着ている。

全く戦闘に向かないような格好をしているのに、自分たちに喧嘩《けんか》を売ってきた。

怒って当然である。

人攫いたちは、手に手に武器を持ち、アリスたちに向かって吠《ほ》えた。

「下りてこい！　みじん切りにしてやる！」

「いや！　その前にじっくり嬲《なぶ》ってやるよ！」

そんな人攫いたちを見たアリスは、ニヤッと口元を歪《ゆが》めた。

「お望み通り、下りてあげるよ！」

アリスはそう言うと、ジェットブーツを起動して高く跳躍《ちょうやく》した。

「なっ！」

そして、つい空を舞うアリスを見てしまう人攫いたち。

「イエロー、今」

「はい！　やあああっ‼」

「「ぎょばっ!!」」


そう、跳躍したのはアリス一人だけだったのである。

当然、その場にはリンとメイが残っている。

間抜けにも上空を見上げて隙だらけになっている人攫いたちに、今までの怒りを込めてメイが風魔法を撃ったのである。

上を見ていた人攫いたちに避ける暇などない。

怒りで魔力が増大したのか、三人まとめて吹き飛ばした。

まさか、アリスではなくメイからの攻撃を受けるとは思ってもみなかった人攫いたちは、非難の声をあげた。

「ひ、卑怯だぞ！」

「そうだ！　普通、アイツが攻撃してくると思うだろうが！」

「なに、横から撃ってきてんだ！」

自分たちの所業《しょぎょう》は棚に上げて、そんなことを口にする人攫いたち。

だが。

「！　馬鹿！　上見ろお！」

人攫いのリーダーが叫ぶが、時すでに遅し。

「遅いよ！」

上空に飛び上がっていたアリスが、ちょうど落下してきたのだ。

「くらえっ！」

そして、人攫いの一人をドロップキックで蹴り飛ばした。

しかも、ご丁寧《ていねい》にジェットブーツの噴射《ふんしゃ》のおまけ付きである。

「ほげえっ‼」

アリスのドロップキックを食らった人攫いが、凄い勢いで吹き飛ばされる。

死んでもおかしくない勢いだったが、細かく痙攣《けいれん》しているところを見ると、かろうじて生きてはいるようだ。

「こ、このクソガキがっ！」

「囲め！　魔法使いなら、取り押さえちまえばこっちのもんだ！」

魔法使いは、遠距離から強力な魔法を撃ってくるから脅威《きょうい》なのである。

近接戦闘に持ち込んでしまえば、魔法使いの利点はなくなる。

しかも相手は小柄な少女だ。

取り押さえて裸に剝《む》いてやろうと画策《かくさく》する人攫いたち。

だが……。

「捕まらないよ！」

アリスは、再度ジェットブーツを起動し、空高く舞い上がる。

「くそっ！　またかよ！」

「テメエ！　いい加減にしろよ！」

さっきと同じように、上空に離脱したアリスに、理不尽《りふじん》なものを感じた人攫いたちは、またもアリスを視線で追ってしまった。

となると……。

「てい」

「やあああっ‼」

『ぎゃあああっ‼』

今度は、リンも加えて魔法の連射が飛んできた。

またも無防備になったところに魔法を食らった人攫いたち。

この攻撃で六人ほどが戦闘不能になり、残っているのは人攫いのリーダーとサムだけである。

「コイツらヤベエ……」

リーダーのヘラヘラした態度は鳴りを潜め、焦りが前面に出ている。

それもそうだろう、もはや周りには自分とサムしかいないのだ。

これは、仲間を見捨ててでも逃げるしかない。

そう、倒れている仲間を見ながら思っていると、自分の足元に大きな影が出来ているのを見つけた。

人攫いのリーダーが思わず上空を見ると、そこには信じられない光景が広がっていた。

「いやあ……それを食らうとお、死んじゃうと思うんですけどお……」

人攫いのリーダーが見たもの。

それは、超巨大な炎の魔法を撃とうとしているアリスの姿だった。

アリスは、人攫いのリーダーの言葉を受けると、口元を大きく歪《ゆが》ませて、嗤《わら》った。

「食らえっ！　このクソヤロオォォッッ！！！！」

アリスは、一切の躊躇《ためら》いなく、その超巨大な炎の魔法を撃った。

そしてその魔法は、アリスの狙いと寸分違《すんぶんたが》わず、人攫いのリーダーの足元に着弾した。

「うぎゃあああっ‼」

いくら直撃を受けなかったとはいえ、足元に超巨大な炎の魔法が炸裂すると、当然足元は大きく吹き飛ばされる。

その衝撃で吹き飛ばされた人攫いのリーダーは、他の人攫いたちと同じく、気を失って転がった。

魔法を撃ったアリスは、ジェットブーツを巧《たく》みに操りながら上空から着地。

その横に、リンとメイも下り立つ。

そして、最後の一人であるサムと対面した。

「後はお前だけだよ！」

「観念しろ」

アリスとリンからそう言われたサムは……突如笑い出した。

「くく、ははは！　王族を庇い立てするとは、とんだ愚《おろ》か者《もの》だ！」

「なっ⁉　どういう意味だ！」

「そのままの意味だよ！　王族たちは、その権力を使って贅沢三昧《ぜいたくざんまい》だ！　俺たち平民がどんなに苦労しているのか知りもしないでな！」

突然サムはそんなことを言い出した。

それに反応したのはメイだ。

「そんなことしてないです‼」

メイからしてみればとんだ濡《ぬ》れ衣《ぎぬ》だ。

上に立つ者の義務として、荘厳《そうごん》に見せないといけないこともあり、多少の贅沢をしている実感はある。

だが、父も兄も母も、常に平民のことを考えた施策《しさく》をしている。

そんな家族たちをメイは尊敬しているし、自分だって平民を虐《しいた》げたことなどない。

謂《いわ》れのない言いがかりに、メイは思わず反応してしまったのだ。

そして、それを見たサムは、ニヤッと笑った。

「ほう、そうか。奇妙な格好をしていると思ったが、王女様だったか」

自分の正体を知られたメイだが、今はそれどころではなかった。

「ニール先生！　なぜ先生がこんなことするですか⁉」

そのメイの言葉に、サムは表情を歪めた。

「なぜだと？　お前のようなガキに、俺の気持ちなど分かってたまるか！」

先ほど笑ったかと思えば、今度は猛烈に怒りだした。

「毎日毎日、貴様らみたいな生まれが良いだけのクソガキ共の相手をして、ご機嫌をとって！　疲れ果てて！　なのに俺を労《ねぎら》う者などいやしない！」

怒りのあまり、肩で息をしながらサムは続けた。

「貴様らが夜会だなんだと遊《あそ》び惚《ほう》けている間、俺は家で孤独に耐えているんだ！　お前らにその気持ちが分かるか‼」

そんなサムの怒りを受けて、言葉を発したのはアリスだった。

「それ、皆そうじゃない？」

「……なに？」

アリスの言葉に、眉《まゆ》をひそめるサム。

そんなサムの表情を無視して、アリスはさらに続けた。

「いや、仕事で毎日疲れてるのって、アンタだけじゃなくて皆そうだって言ってんの。

アンタは教師だから子供相手にしてるだけで、商会に勤めてる人は、大人相手に気を遣って商売してるっての」

「き、貴様……」

「それに、孤独に耐えてるって……アンタが結婚しないのが悪いんじゃん。そもそも、その努力をしてんの？」

「い、忙しくてそんな暇などあるか！」

「年中無休の仕事なんてあるの？　どうせ休みの日には家でゴロゴロしてるだけなんじゃないの？　そんなんじゃ相手なんか見つからないよ」

「ギ、ギザマ！」

アリスの容赦《ようしゃ》ない言葉に、段々と怒りを増幅《ぞうふく》させていくサム。

「自業自得。自分の不徳《ふとく》を王族のせいにするんじゃない！」

「許さん……俺の苦労を踏みにじりやがって……許さんぞ‼」

とうとうブチ切れて、魔力を放出し始めたサム。

今にもこちらに突っ込んできそうなサムの前に立ちふさがったのはメイだった。

「ニール先生……先生がそんな気持ちで私たちと接していたなんて、ショックです」

「うるさいっ！」

「先生は！　先生は学年主任として厳しい先生でしたけど！　それでも私たちのことを

思って厳しくしてくれている先生だと思ってたです！」

「貴様に！　貴様に何が分かる！」

「分からないです！　先生のお気持ちなんて、私には分からないです！　でも！　こんなことをするのは間違ってるのは分かるです‼」

「ウルさい！　きさマに！　そんなコトを言ワれる筋合《すじあ》いなどない！」

とうとう口調までおかしくなったサムは、問答無用でメイに向かって魔法を撃った。

「‼」

まさか急に魔法を撃ってくるとは思っていなかったメイは、思わず硬直してしまった。

だが。

「おっと！」

サムの様子がおかしくなったころから準備していたアリスの魔力障壁《しょうへき》に魔法が阻《はば》まれた。

「グ、グギギ！」

魔法がメイに届かなかったことで、悔《くや》し気《げ》に歯を噛み締めるサム。

アリスはサムの様子に、ある光景を思い出していた。

「ねえ、リン」

「なに？」

「あの先生の様子ってさ、どこかで見たことない？」

「それは奇遇《きぐう》。私も思い出してた」

「な、なにを思い出したです？」

アリスとリンの言葉に、メイが思わず質問した。

「いやあ、ちょっと前に魔法学院で魔人が出現したでしょ？」

「はいです」

「あのとき、魔人になったヤツがさあ……」

「はい」

「グ、グギギ……グアアッ!!」

アリスがメイに説明している間にも、サムの様子はどんどんおかしくなる。

「……ああやっておかしくなっていってね」

「……はい」

「があああっっっ!!」

サムは、黒い魔力を発しながら仰《の》け反《ぞ》った。

「……それで、最終的に魔人になっちゃったんだけど……」

「……はい」

「ぐおおあああ……」

そして仰け反っていたサムがこちらを向くと……。

その目が赤くなっていた。

「……魔人だねえ」

「は……はわわわ……」

アリスの説明通りに魔人化していったサム。

あまりにもデジャヴな状況に、アリスは思わず魔人化まで見守ってしまった。

「……ま、魔人……です……」

そしてメイは、魔人化を初めて見たこと、それが知っている人間だったこと、そして目の前で見る魔人の迫力に、思わず恐怖してしまった。

メイが以前に魔人を見たのは、クルトの城壁の上から、シンたちによって一方的に蹂《じゅう》躙《りん》されているところだった。

遠目であったこと、そしてシンたちがあまりに簡単に魔人を討伐《とうばつ》していたことから、あのときは特に恐怖を感じなかった。

だが、実際に間近で対面する魔人は、あのときとは違っていた。

圧倒的な負の魔力。

人間の負の感情が全て露出したかのように感じる雰囲気《ふんいき》。

そして、人の形をしているのに、明らかに人とは違う違和感。

そういった全てが合わさり、メイの心を恐怖が満たしてしまった。

「ぐぐ……があああっ‼」

「ひいっ！」

そんな恐怖で固まっているメイに向かって、サムは魔法を撃ち出した。

硬直しているメイは、魔法が向かって来る光景をただ呆然《ぼうぜん》と見ていることしかできなかった。

だが。

「よっと！」

「きゃあっ！」

サムの放った魔法は、アリスの張った魔力障壁によって阻まれた。

「アリスおねえちゃん！」

「駄目だよ、メイ姫様、ボーッとしてちゃ」

「ご、ごめんなさいです！　こ、怖くて……」

そう言って震えるメイを見たあと、アリスは続けてサムを見た。

するとアリスは、フッと笑った。

「そっか、メイ姫様、魔人と戦うの初めてだもんね」

「……はいです」

「だったらしょうがないって。あたしも、初めて魔人を見たときは震えが止まらなかったもん」

「アリスおねえちゃんも？」

「私もそう」

「リンおねえちゃんも……」

「だから、そんな落ち込まないでいいよ。むしろ、メイ姫様が嬉々《きき》として魔人と戦いだしたら、あたしたちの方が落ち込むから」

「その通り。メイ姫様の反応は普通」

魔人に対する恐怖で硬直してしまったことを恥じるメイだったが、アリスとリンからのフォローによって救われた。

「それより……なんで魔人化したんだろうね？」

「分からない。それにアレは、今までの魔人と違う」

「そうだよね」

「アリスおねえちゃん、リンおねえちゃん……なんでそんなに冷静なんです？」

メイをフォローしたアリスとリンは、そのまま魔人の考察へと思考を切り替えた。

自分があれだけ恐怖した魔人を前に、この二人の余裕はなんなのだろうか？

そう思うメイだったが、アリスはこともなげに言った。

「だってさ、魔人って言ってもアレ、理性ないでしょ？」

そうアリスが指し示す先にいるのは、唸《うな》ったり吠えたりするだけの魔人。

「ぐうう……あああああっ‼」

その魔人がまた魔法を撃ってきた。

それを、今度はリンの張った魔力障壁が受け止める。

「今まで散々、理性が残ったままの魔人を相手にしてきたんだよ？　今更吠えるだけの魔人なんて怖くないんだよね」

「そ、そうなんです？」

今の世界でアリスみたいな言葉を言えるのは、間違いなくアルティメット・マジシャンズのメンバーだけである。

そんな世界に十二人しかいない人間の言葉など理解できないメイは、アリスが言うならそうなんだろうと無理矢理納得した。

そしてその間も、アリスとリンによる考察は続く。

「理性が残ってないってことはさ、シュトロームに魔人化させられたわけじゃないってことかな？」

「分からない。自然に魔人化した？」

「んー、でもさ、賢者様のお話だと、前に自然に魔人化したのは賢者様と同等の力を持った魔法使いだったってことだったよ？　ねえ、メイ姫様。あの先生って、そんなに魔法を使うのが上手《うま》かったの？」

「え？　い、いえ。多少魔法の心得がある程度です。それに、そんなに魔法使うのが上手だったら、魔法学院か魔法師団に入ってるです」

「そうだよね。ってことは、やっぱり今までの魔人と同じように、人為的に魔人化させられたのかな？」

「でも、理性が残ってない」

「それなんだよ～」

魔人を前にしているというのに、どうにも緊張感のない二人。

その二人に、メイの方が段々焦ってきた。

「あ、あの。ニール先生……魔人は放置しててていいです？」

「ん？」

実は、先ほどから何発か魔人化したサムが魔法を撃ってきている。

だが、全てアリスとリンの張った魔力障壁に阻まれているのだ。

その事実から、特に脅威とは感じていないアリス。

メイに声をかけられてからサムを見て、そしてメイを見てニヤッと笑ったアリスは、ある提案をしてきた。

「メイ姫様さあ……魔人討伐してみない？」

「ふえっ⁉」

アリスから提案された内容に、メイは思わず変な声を出した。

「魔人の攻撃はあたしたちが防《ふせ》いどくからさ」

「攻撃魔法を放つだけの簡単なお仕事」

「で、でも……」

まるで何でもないことのように、とんでもないことを勧めてくるアリスとリン。

だが、メイにはどうしてもそれを受けられなかった。

「あれは……ニール先生です……」

魔人となった、知っている人を討伐する。

いくら魔人が魔物扱いになるとはいえ、メイからしてみればその行為は殺人だ。

初等学院生であるメイは、そこまで割り切れない。

その返事を聞いたアリスは、頭をポリポリと掻いてそれ以上勧めるのを止めた。

「ゴメンね、メイ姫様。そうだよね。知ってる人を討伐するのは嫌だよね」

「メイ姫様が優秀だから忘れてた。ゴメン」

「い、いえ。そんなことないです」

「あー、あたしも初めて魔人を討伐したときは躊躇してたのになあ」

アリスは、頭を掻いていた手をわしゃわしゃと動かし始めた。

「慣れってこわい」

「だね……」

慣れてしまうほど魔人を討伐しているのもどうかと思うメイだったが、自分が嫌がることを無理に勧めてこない二人に安心した。

「となると、コイツはあたしたちが討伐するしかないね！」

「理性のない魔人なんて簡単」

安心したメイだが、魔人を……しかも理性のない魔人を放置しておくなんてできない。

結局は、自分ができないからアリスとリンに人殺しを任せてしまうことになるのだ。

そのことに心を痛めたメイは、咄嗟に声をあげた。

「や、やっぱり、私もやるです！」

「え？」

「メイ姫様？」

首を傾げるアリスとリン。

「だ、だって……」

メイは、二人に人殺しを押し付けるなんてと言いたいが、上手く言葉が出てこない。

しかしアリスとリンはメイの心情を理解した。

そして、二人してメイの頭を撫でると、ある提案をした。

「よーし、じゃあ初手はメイ姫様にお願いしようかな！」

「え？」

「止めは私たちが刺す」

「アリスおねえちゃん……リンおねえちゃん……」

二人の心遣いが嬉しく、思わず笑みをこぼすメイ。

そして頬を自分で叩いて気合いを入れると、魔法を撃つ準備を始めた。

「よし、じゃあ次の魔法を弾いたら魔力障壁を解除するよ？」

「はいです！」

「ん。準備して」

「分かりました！」

メイは大きな声で返事をすると、どの魔法を使うのか考えだした。

今のところ、メイが使える攻撃魔法は火の魔法と風の魔法である。

だが、その魔法では人間には有効かもしれないが、魔人に対して効くとは思えない。

そこでメイは、今まで自分が見た中で、一番凄いと思った魔法をイメージした。

そうして、徐々に魔力を高めていく。

「お？　随分魔力を集めてるね」

「きた」

メイの様子に気付いたアリスが声をかけるが、そのタイミングでサムが再度魔法を放った。

何度防がれても、闇雲に放つだけのサムの魔法は、あっけなく二人の張った魔力障壁に防がれる。

これが終わったら魔法を放つ。

そして……。

「解除するよ！」

「撃て！」

「はい！　いっけえええ!!」

今まで集めたこともないほど大量の魔力を集めて魔法を放ったので、その制御に必死になるメイ。

ここで暴走させてしまうと、周囲を巻き込んで大爆発してしまう。

なのでメイは目を瞑《つむ》り、魔法の制御に集中した。

そして、放たれた魔法は爆発魔法。

それも……。

「んなっ⁉　これって!!」

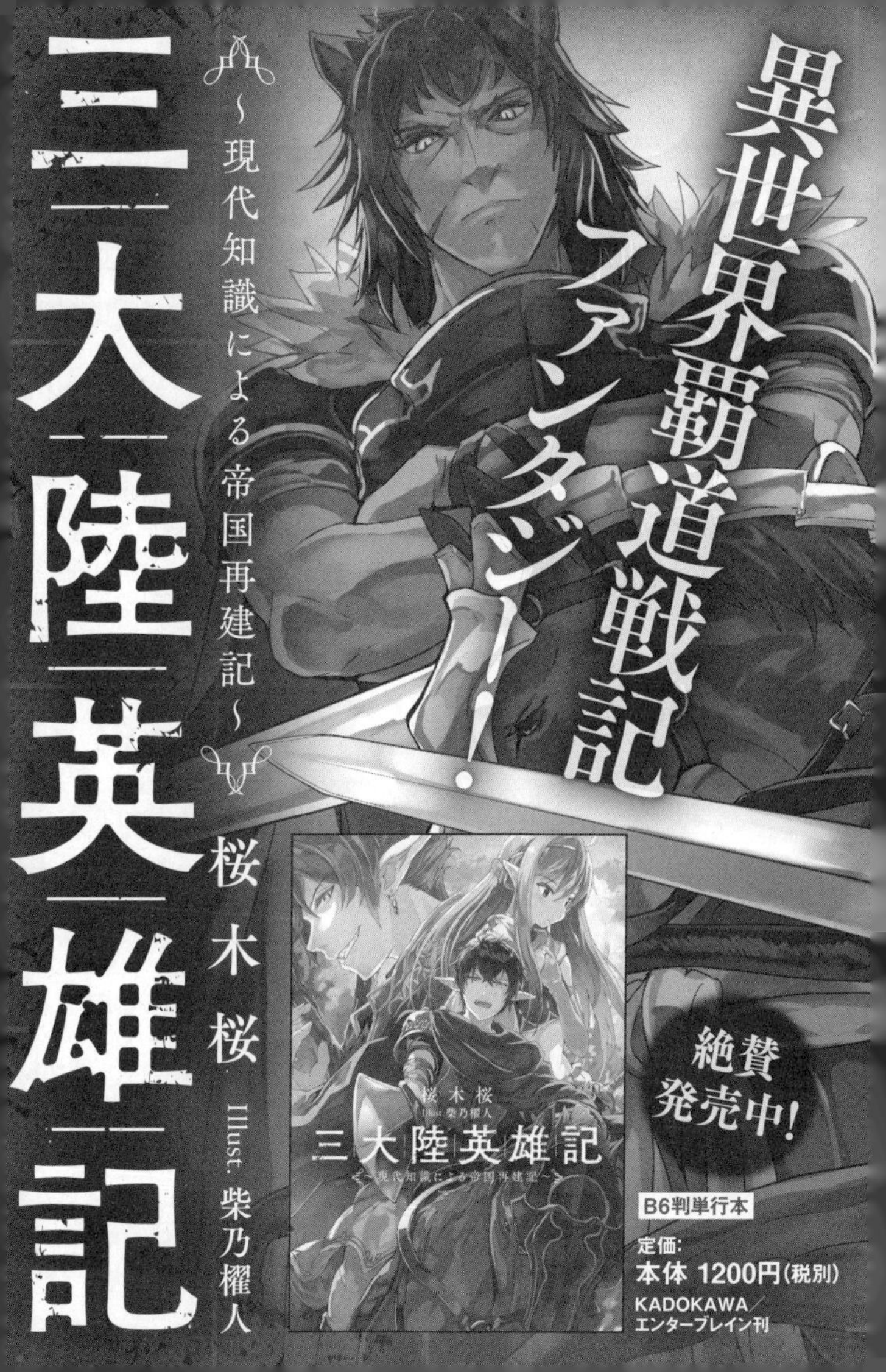

異世界覇道戦記
ファンタジー!
三大陸英雄記
～現代知識による帝国再建記～
桜木桜
Illust. 柴乃櫂人
桜木桜
Illust. 柴乃櫂人
三大陸英雄記
絶賛発売中!
B6判単行本
定価:
本体 1200円(税別)
KADOKAWA／
エンターブレイン刊

第一回
ファミ通文庫大賞
あらゆるメディアミックスへの可能性を秘めたエンタメ小説、求む！
大賞
200万円
優秀賞
50万円
特別賞
15万円
ゲームノベル特別賞
15万円＋コミカライズ検討
今回から『ファミ通』を冠したレーベルとして「ゲームノベル特別賞」を創設します。ゲーム制作、eスポーツ、ゲーム世界転生とゲームが作中に登場する作品を執筆される方も積極的にご応募ください。
ファミ通文庫編集部がカクヨム上で新人賞を開催します！　ファンタジー、ゲーム、恋愛、学園ラブコメ等、ジャンルは問いません。受賞者はファミ通文庫もしくは単行本にてデビュー。
イラスト：遠坂あさぎ
応募受付期間
2019年2月1日(金)00:00～2019年5月10日(金)23:59
ファミ通文庫大賞カクヨム▶ https://kakuyomu.jp/contests/famitsu_2019
FBファミ通文庫

「ウォルフォード君の、指向性《しこうせい》爆発魔法⁉」

「やああっ‼」

「「うわっ‼」」

「ぐおおおっ‼」

大量の魔力をなんとか制御しきったメイから、とんでもない魔法が飛び出した。

それは、今なおシンの主力魔法と言っても過言ではない魔法。

爆発の爆風に指向性を持たせ、威力を激増させる指向性爆発魔法だった。

まさかそんな魔法を使うとは思いもしなかった二人は、魔法がサムに着弾した際の威力に思わず声をあげてしまった。

しかも上手く指向性も持たせられたのか、アリスたちに爆発の余波は届いていない。

「す、すご……」

「これは……」

やがて爆発の衝撃で巻き起こった砂塵《さじん》が晴れてくると……。

「リン！」

「分かった！」

慌ててアリスとリンがメイに合わせて同じ爆発魔法を放った。

「んにゃあああっ！」

メイのソレとは違い、指向性を持たせていない爆発魔法は余波を生み出し、それによってメイが転がっていった。

「ああ！　メイ姫様！」

「ゴメン！　大丈夫⁉」

「は、はひっ、大丈夫れす」

慌ててメイのもとに駆け寄るアリスとリンに、若干目を回しながらも無事だと答えるメイ。

咄嗟に思い切り魔法を撃ってしまった二人は、心底ホッとした。

そして、二人が撃った爆発魔法による砂塵が晴れてくるとそこには……。

「あ、あれ？」

何もなかった。

「に、逃げたですか⁉」

まさか、魔法を撃った隙に逃げてしまったのかと焦るメイ。

だが、アリスとリンがそれを否定した。

「……んにゃ。確実に倒したよ」

「私たちの魔法で爆散《ばくさん》しただけ。ちゃんと確認した」

二人の言葉を聞いたメイは、心底ホッとした。

「良かったです……それにしても、跡形《あとかた》もなく吹き飛ばしちゃうなんて！　やっぱりアリスおねえちゃんとリンおねえちゃんは凄いです！」

メイは、苦もなく魔人を討伐してしまった二人のことを改めて尊敬しなおした。

だが、その当の本人たちは複雑そうな顔をしている。

「あ、あははは……」

「……当然」

笑い方もぎこちない。

メイは、二人が謙遜《けんそん》してそういう態度を取っているのだと思い込み、曖昧《あいまい》な態度については特に気にしなかった。

それよりも、メイには別のことが気になっていたのである。

「あの！　皆さんのところへ行ってもいいですか？」

「え？　ああ、そっか。うん、お友達のところだね」

「ん。皆を安心させてくるといい」

「はい！　あ、でも……」

二人の了解を得たメイがすぐに駆け出そうとして足を止める。

そして周囲を見渡したことで、アリスはメイが気にしていることに気が付いた。

「ああ。コイツらはあたしとリンで拘束しておくから、気にしなくていいよ！」

転がっている人攫いたちは、アリスたちで処理しておくとメイに告げた。

「はいです！　ありがとうです！」

メイはそう言うと、皆がいるであろう牢に向かって走っていった。

とにかく、今回の事件が一応の決着を見た瞬間であった。

困惑するアリスとリンを残して……。

第五章

終わったけど、終わってない

走って行くメイを見送ったアリスとリンは、異空間収納からロープを取り出し、気絶している人攫《ひとさら》いたちを拘束していった。

そうしながら、先ほどのメイの魔法についてアリスが呟《つぶや》いた。

「メイ姫様……さっきのやつ、見てなかったね」

「うん。けどその方がいい」

「だね。なんせ……」

「うん」

「「メイ姫様の魔法で、魔人の上半身なくなってたからね……」」

アリスとリンは、声を揃《そろ》えて言った。

つまり、メイに言った『確実に魔人は倒した』という台詞《せりふ》は、アリスとリンが確実に倒したという意味ではない。

二人が魔法を撃つ前に、すでに魔人は討伐《とうばつ》されていたのだ。

だが、魔人とはいえ元は人間だったもの。

それも知人を討伐したとなれば、まだ子供であるメイにとってトラウマになる。

だからアリスとリンは、煙《けむり》が完全に晴れる前に、慌《あわ》てて同じような魔法を繰《く》り出《だ》し、魔人に止めを刺したのは自分たちだと思い込ませたのだ。

「……まさか、あんな威力《いりょく》の魔法を撃てるとは……」

「メイ姫様は、本当に天才。アウグスト殿下《でんか》を上回るかもしれない」

「その可能性はありそうだよね……」

「けど、メイ姫様はまだ子供。余計な負担《ふたん》は与えたくない」

「だね。そうなると、これからもあたしたちが面倒をみてあげないとね！」

「その通り」

アリスとリンが決意も新たに、メイの魔法教育をしようと気合いを入れた、そのとき。

「ほう？　中々面白い話をしているではないか」

上空から発せられたその言葉に、アリスとリンは硬直《こうちょく》した。

そして、恐る恐る上を見てみると……。

「『で、でんか……』」

瓦礫《がれき》と化した砦《とりで》の上から腕組みをしてこちらを見ているアウグストと、その後ろに呆《あき》れたような顔をしたシンたちの姿があった。

そしてアウグストは、二人を見下ろしながらニヤリと笑った。

「ひっ……」

その笑みが、アリスとリンにとって悪魔の微笑《ほほえ》みに見えた。

自分に怯《おび》える二人を見ながら、アウグストが口を開く。

「相変わらず愉快《ゆかい》な格好《かっこう》をしているな」

「え、えへへ」

アウグストの言葉に、思わず愛想笑《あいそわら》いをするアリスとリンだったが、次の言葉でその笑顔が引《ひ》き攣《つ》った。

「お前たち、私に何か言うことはないか？」

そう言われた二人は、引き攣った笑顔のままで言った。

「メ、メイ姫様は無事救出しました？」

「ひ、人攫いたちを全員拘束《こうそく》しました？」

するとアウグストは、微笑みを浮かべながら二人の前に下り立った。

微笑んでいることから、アウグストの慈悲《じひ》を期待した二人だったが……。

「この大馬鹿者《おおばかもの》が!!　単独行動をするなど！　何を考えているのだ!!」

アウグストは大声で怒鳴りながら、両手に雷の魔法を纏《まと》わせたままアリスのリンの頭を摑《つか》んだ。

そんなことをすれば当然……。

「あばばばば！　脳が！　脳が焼ける！」

「死ぬ！　これは死にます殿下！」

感電し、大騒ぎをするアリスとリン。

「うるさい！　死なないように加減してあるわ！　この馬鹿者め!!」

雷の魔法とはいえ、かなり微弱な電流が流れる程度に加減されている。

お陰《かげ》で、アリスとリンは、頭皮が引き攣る痛みを与えられ悶絶《もんぜつ》するのだった。

そして、ようやく解放されたアリスとリンはそのまま倒れた。

「あーあ、白目《しろめ》剝《む》いてるわ。ま、自業自得《じごうじとく》だけどね」

「でも、ちょっと可哀想《かわいそう》ですね。殿下、治癒魔法《ちゆまほう》をかけてもいいですか？」

アウグストに続いて、マリアとシシリーの二人も下りてきた。

そして、白目を剝いている二人を見て呆れた声を出すマリアに対し、シシリーは治癒魔法をかけてもいいかと聞いた。

だが、アウグストはその申し出を却下《きやつか》した。

「放っておけ。そうしなければ反省せん」

腕を組んで憮然《ぶぜん》とそう言うアウグストの隣に、また別の者たちが下り立った。

「もうアリスとリンってば、美味《おい》しいところ全部もってくんだもんなぁ」

「しょうがないよ。この二人より小さい姫様だからね。妹みたいに思ってるんじゃないかなあ」

「でも、そんな二人が一番の年上なんッスよね」

「本当に不思議だわ……」

下り立ったのは、ユーリ、トニー、マーク、オリビアだった。

四人は、白目を剝いて気絶しているアリスとリンを見て、誕生日的にこの二人が一番年上なのが不思議でしょうがなかった。

「あれ？　殿下、姫様は？」

「さっき索敵魔法《さくてきまほう》で調べたときは三人でいたようで御座《ござ》るが」

トールとユリウスは、アウグストのお側付《そばづ》きという立場からだろうか、倒れている二人よりメイの行方《ゆくえ》が気になっていた。

「ん？　ああ、忘れていたな。どれ……」

アウグストは、アリスとリンにお仕置きをすることに意識を持っていかれ、索敵魔法を使うのを忘れていた。

そして改めて索敵魔法を使おうとしたとき。

「あ。お兄様！」

メイが囚《とら》われていた生徒たちを引き連れて、この場に現れた。

メイは、もう会えないかもしれないと思っていた兄に向かって一目散《いちもくさん》に走り出した。

「おにいさまあっ！」

いつもは意地悪ばかりしてくる兄なのだが、こういうときはやはり家族である。

思わず駆け出してしまったのだ。

そんなメイを見たアウグストは、今回は素直にメイを受け止める体勢をとった。

しかし……。

「あ！　シンお兄ちゃーん‼」

メイは途中でシンを見つけたため、アウグストの目の前で目標を変えてシンに突撃したのだった。

「ごふっ！」

アウグストのところに行くと思っていたシンは、不意討《ふいう》ちでメイの突撃を食らってしまった。

だが、そこは年上の意地《いじ》でなんとか踏ん張り、メイの頭を撫《な》でる。

「メ、メイちゃん……元気そうでなによりだよ……」

「はいです‼」

「ただまあ……今のはまずかったかもな……」

「え……シンお兄ちゃんは、私のこと嫌いですか……」

大好きなシンに飛びついたのに、そのシンはちょっと複雑な表情をしている。

もしかして嫌われたのかと思ったメイだが、シンの答えは違っていた。

「いや……順番が……」

「順番？」

シンの言うことが理解できなかったメイだが、後ろから聞こえてきた声に身を強張《こわば》らせた。

「メ〜イ〜」

「はわっ！　お、お兄様⁉」

アウグストが、メイの後ろから恨《うら》みがましい声を出して近付いてきたのだ。

そういえばとメイは思い出す。

シンに飛び込む前、自分は兄に向かっていた。

そのとき、珍しく兄が自分を迎える準備をしていたような……。

そこでハッと気付く。

自分を迎える体勢をしたアウグストの隣を駆け抜け、シンに飛び込んだ。

ということは、受け入れ体勢を取っていたアウグストは、そのままの格好でいることになり……。

「お前、わざとか⁉　わざとやってるのか⁉」

　恥ずかしい思いをさせられたアウグストは、メイのこめかみを拳《こぶし》でグリグリと締め付けた。

「うぎゃあああっ‼　痛い！　痛いですお兄様‼」

「うるさい！　恥《はじ》をかかせた罰《ばつ》と心配を掛けた分だ！　大人しく受け入れろ！」

「あああ、頭が！　頭が割れるですぅ‼」

　そうしてしばらくアウグストのこめかみグリグリ攻撃を受けたメイは、アリスとリン同様、白目を剥いて気絶するのであった。

「ふう……全く、コイツらには困ったもんだ」

「オーグ、お前……最後のは八《や》つ当《あ》たりだろ……」

「兄に恥をかかせる妹には罰が必要だろ？」

「そんな決まりはねえよ！」

　メイが無事だったことで緊張が解《ほぐ》れたアルティメット・マジシャンズの面々は、ようやくいつもの雰囲気《ふんいき》になった。

　そして、自分たちを見ている存在に気が付いた。

「ん？　ああ、メイと一緒に攫われたというのはお前たちか？」

アウグストに声をかけられた生徒たちは、緊張でビシッと直立《ちょくりつ》した。

「は、はい！」

生徒たちを代表してコリンが応える。

「皆さん、大丈夫ですか？　だれも怪我してませんか？」

シシリーのその言葉に、男子生徒も女子生徒も、少し顔を赤らめて首をブンブンと横に振る。

「そうですか。もし少しでも調子が悪かったら言ってくださいね」

全体的に埃《ほこり》っぽいのが気になるが、本人たちが大丈夫と言っているなら問題はないのだろう。

それでも、万が一何かあったらすぐ言うように伝えるシシリー。

そんなシシリーに生徒たちは。

『はい！　聖女様！』

揃って返事をし、その後興奮《こうふん》したように生徒たち同士で話し始めた。

「うわあ、聖女様だ！」

「ほ、本物ですわ！」

「あはは……」

口々に自分を褒《ほ》める生徒たちに、シシリーも苦笑を浮かべている。

この分なら大丈夫そうだ。

そんな子供たちのうち、一人の男子生徒がシンに向かって言った。

「あ、あの！」

「ん？」

「いつも父がお世話になってます！」

コリンだった。

シンの目の前まで行くと、深々《ふかぶか》とお辞儀《じぎ》をした。

「え？　なに？」

突然のことに目を白黒させていると、コリンが自分の素性《すじょう》を話した。

「ぼ、僕はコリン＝ハーグです！」

「ハーグ？　え、ってことはトムおじさんの？」

「はい！　息子です！」

「ええ⁉　そうなんだ？　知らなかったよ」

「父は僕のことを話してなかったんですね……」

ちょっと寂《さび》しそうにそう言うコリン。

その表情に、シンは慌《あわ》ててフォローを入れた。

「いや、っていうか、トムおじさんには、俺から質問ばっかりしてたからね。家族のことか話す余裕はなかったんじゃないかな？」

「そうなんですか？」

「そうだよ、コリン君？　って言ったかな。君みたいな利発《りはつ》そうな子ならトムおじさんの自慢《じまん》だろうからね」

シンとコリンがそんな話をしていると、アグネスが割り込んできた。

「コ、コリン君は凄いですわ！」

「え？」

「あ、も、申し訳ございません！　私、ドネリー伯爵家のアグネス＝フォン＝ドネリーと申します」

自分が二人の会話に割り込むという不作法《ぶさほう》をしたことを恥じたアグネスは、慌てて挨《あい》拶《さつ》した。

「あ、ああ。シン＝ウォルフォードです。えっと、コリン君が凄いっていうのは？」

「は、はい！　メイ姫様がアリス様に連絡を取ったとき、ここの場所を推測したのはコリン君なんです！」

「なに？　それは本当か？」

「は、はいぃ！」

シンに話しかけていると、今度は王太子であるアウグストが割り込んできた。

当然、アグネスに文句など言えるはずもない。

ただ返事をするだけで精一杯だ。

そのアウグストは、コリンの顔をジッと見ると、コリンに向かって礼を言った。

「そうか、お前だったのか。お陰でメイを無事救出することができた。心から礼を言う。ありがとう」

「そ、そんな！　畏《おそ》れ多《おお》いです、殿下！」

真っ赤になってそう言うコリンに向かってフッと笑みを浮かべると、なんとその頭を撫でた。

あまりに突然のことに硬直するコリン。

しばらく頭を撫でたあと、ポンと頭を叩いてその場を離れるアウグスト。

後には、頭を触りながらポーッとアウグストを見るコリンが残された。

その様子を見ていたアグネスは……。

「ま、まさか！　殿下がライバルに⁉」

「何言ってるの？　アグネスさん」

変なことを言うアグネスに、我に返ったコリンが突っ込んだ。

そんな生徒たちも巻き込んだやり取りをしている内に、アウグストに気絶させられていた三人が目を覚ました。

「あいたたた……ひいっ！」

「あわわわ」

「ご、ごめんなさいです！」

起きた三人は、揃ってアウグストに怯《おび》えを示《しめ》す。

そんな様子を見て深い溜《た》め息《いき》を吐《つ》いたアウグストは、三人に向かって口を開いた。

「そんなに怯えずとも、もう罰は与えない。いいから何があったか話せ」

アウグストのその言葉に、三人で顔を見合わせていたが、少しずつ話しだした。

そして、アリスたちが到着するまでの顚末《てんまつ》を聞いたあと、アウグストは考え込んだ。

「ふむ……しかし、まさかニール教師がな……」

「お兄様、知ってるです？」

「ああ。私だけじゃなくて、トールとユリウスも知っているぞ」

「ええ。自分も初等学院時代にはお世話になった方です」

「拙者《せっしゃ》もで御座る」

アウグストの言葉に、トールとユリウスもサム＝ニールという教師を知っていると答える。

そして、世話になったとまで。

「確かに、厳しい教師ではあったがな。それは私たちを憎《にく》んでのことではない。我々が間違った道に行かないように指導していると思っていたが……」

そんなアウグストに、シンが疑問を呈する。

「でも、そんな教師が生徒を売るような真似《まね》をするか？」

「それが分からんから悩んでいるのだ」

アウグストとしては、どうしても腑《ふ》に落ちない。

それほどに教師として素晴らしい人物だと思っていた。

しかし、その答えは話の続きから得られた。

サムが魔人化した経緯《けいい》である。

「な、なんだと⁉　ニール教師が魔人化したというのか⁉」

「はい」

「この目で見ました」

「間違いないです！」

三人が同じことを言うとは間違いなさそうだ。

そして、その経緯は、どうしてもいつかの出来事を思い起こさせる。

そのことを、シンはアウグストに言った。

「なあオーグ。これってさ、同じ感じがしないか？」

「ああ。あのときの……リッツバーグのことを思い出させるな」

「それはあたしも思いました。けど……」

「あの魔人に理性はなかった」

「それは間違いないのか？」

アウグストの二人に対する問いに、答えたのはメイだった。

「間違いないです！　魔人化する前は色々と話してましたけど、そのあとはう～とか、ああ～しか言ってませんでした！」

アウグストが見ると、メイも真剣な顔をしている。

そのメイの説明を聞いて、アウグストはますます混乱した。

「どういうことだ？　シュトロームが生み出す魔人は、すべて理性が残っていただろ」

「帝国の平民ですら……な。ところでアリス、リン。強さはどれくらいだったんだ？」

アウグストの言葉の後を引《ひ》き継《つ》いだシンが二人に問いかける。

すると返ってきたのは意外な答えだった。

「全然。スイードで戦った魔人の方が強い感じがしたよ」

「そうか……オーグ、その魔人化した教師って、魔法が使えたのか？」

「ああ。ある程度は使えたな」

「なのに、帝国の平民魔人よりも弱いのか……」

アールスハイドは、旧ブルースフィア帝国よりも教育の水準が高い。

平民であろうと高等教育を受けることは可能であり、サムも平民だが王立初等学院の学年主任教師にまで上り詰めた人物だ。

さらに元々魔法が使えていたという。

そんな人物が、教育もまともに受けられず、魔法使いの素質《そしつ》があっても訓練すら受けられない帝国の平民より弱いことはないだろう。

それが、魔人化してみると帝国の平民より弱かったという。

意味が分からない。

そうして皆で考えるが、ふとシンはカートが魔人となったときのことを思い出した。

あのとき、シュトロームは実験だと言っていた。

今回のこれは、そのときのことを思い出させ……。

「……オーグ」

「なんだ？」

ある可能性を思いついたシンは、アウグストを呼んだ。

そして、思いついた仮説《かせつ》を話し始めた。

「今回の件って、カートのときを連想させるよな？」

「ああ。さっきも言ったぞ」

「分かってる。で、あのときのシュトロームは、動物実験をして魔物を増やしていたけど、人間を魔人化させるのは初めてだった」

「そうだな。でなければ、リッツバーグ以外の魔人がすでにいたことになる。そんな報告は受けていない」

「それで、最初に魔人化させられたカートは……断片的《だんぺんてき》ながら言葉を発したけど、理性は大分乏《とぼ》しいようだった」

「……そうだな。初めての魔人化ということで不安定だったみたい……だな」

ここまで来ると、アウグストの方も何かを察した様子を見せた。

シンは、仮説の結論に辿《たど》り着《つ》くべく少しずつ説明をしていく。

「で、その後に戦った魔人たちは、全て理性が完全に残っていた。なあ、今回のこれもそれに当てはめれば上手く説明できると思わないか？」

「……つまり？」

「シュトローム以外の誰かが、人間を魔人化させる実験を行ったんじゃないかってことさ」

アウグストはある程度予想していたので、それほど動揺《どうよう》はしていないが、それ以外の人間には衝撃的だったらしい。

「まさか⁉　シュトローム以外に、人間を魔人化させることができるものがいるというのですか⁉」

思わずといった感じで、トールが叫ぶ。

そんなトールを、比較的冷静なアウグストが諭《さと》した。

「あながち間違いではないかもしれんぞ？　シュトロームが魔人化させた魔人どもは皆理性を保《たも》っている。ならば、その魔人が新たな試《こころ》みを行っていても不思議ではない」

「それは……ですが、もしそうなら……」

トールは、自分の予想が恐ろしいものであったので口にするのが憚《はばか》られた。

だが、アウグストはあっさりとその結果を口にした。

「また魔人が増えるかもしれんな」

『!!』

せっかく情勢が落ち着いてきたというのに、まさかシュトローム以外の魔人が独自に動き出したとでもいうのか。

皆がそんな不安に駆られている中、シンがあることに気付いた。

「なあ……もしこれがシュトロームのときみたいに実験なんだとしたら……」

「なんだ？」

アウグストが不安そうな顔で聞いてきた。

シンは、そのアウグストを見て、真面目《まじめ》な顔で言った。

「実験結果を見るために、どこかで見張ってるんじゃないか？」

「！　そうか！　あのときシュトロームは、カートが魔人化したことを知っていた！　ということは、どこかで見ていたはずだ！」

アウグストはそう言うと、慌てて索敵魔法を全開で使った。

しかし、索敵魔法には自分たち人間以外の魔力は、小さい魔物のものしか探知《たんち》できない。

魔人ともなれば、災害級以上の反応があるはずなのに。

「くそっ！　魔人を討伐してから時間がかかり過ぎたか！」

「慌てるな、オーグ！　魔人を倒してから多少時間はかかってるとはいえ、魔人はシュトローム以外浮遊魔法《ふゆうまほう》は使えない！」

「はっ！　そうか！　奴らは足で走っている！　ならば！」

「ああ。ジェットブーツで高速移動できる俺らの方が足は速いはずだ」

シンの言葉を聞いたアウグストの行動は早かった。

「皆よく聞け。これから十二人で円状に各自索敵をかける！　これならば、どこに逃げても追跡《ついせき》できるはずだ！」

つまり、時計の時間と同じ方向に一人ずつ走りだせば、円状に広がっていくのでどこかで索敵に引っ掛かると考えたのだ。

「時間がない！　今いる位置から、各々《おのおの》索敵をしながら進め！　魔人を見つけたら無線通信機のグループチャンネルで知らせろ！　行け！」

『はい！』

「メイ！」

「は、はい！」

「今聞いていた通りだ。私たちは、逃げたと思われる魔人を追跡する。……ここを一人で任せてもいいか？」

アウグストから、初めてそのようなお願いをされたメイは、胸を張って答えた。

「お任せくださいです！」

その自信満々の返事を聞いたアウグストは、フッと笑うと、メイの頭を撫でながら言った。

「そうか。なら、帰ってくるまでに着替えておけよ？　いつまでその格好でいるつもりだ？」

「え？」

「ではな。ハーグ、ドネリー、お前たちもメイのサポートをしてやってくれ」

「は、はい！」

アウグストはコリンとアグネスの返事を聞くと、そのまま自分の担当する方向へジェットブーツを使って飛んで行った。

後に残された生徒たちは、慌ただしく飛び立っていったアルティメット・マジシャンズたちを、ポカンとしながら見送っていた。

「そ、そういえば……アグネスさんたちに正体をバラしちゃったです！」

ようやく、自分の失態《しったい》に気付いたメイを除いて。

◆

「うう……皆さん、このことは内緒にしておいて欲しいです……」

ようやく魔法服から着替えたメイが、アグネスたちに自分が魔法少女であることを内緒にしておいてほしいとお願いしていた。

「それは大丈夫ですけど……なぜ正体を隠す必要があるのですか？」

実際にメイが悪人を成敗《せいばい》しているところを見ていたアグネスは、良いことをしているのだから正体を隠す必要はないと思っていた。

だが、メイの考えは違う。

「街中で攻撃魔法を使っちゃいけないです！　使っていいのは警備隊員の人たちだけです。見つかったら怒られちゃうです」

アールスハイドの法律では、正当防衛《せいとうぼうえい》のときに限り、攻撃魔法を使ってもいいことになっている。

だが、メイたちの活動は、実際に攻撃を受ける前に攻撃を仕掛《しか》けている。

これを正当防衛と主張するのはちょっと難しい。

なので実はメイたちの活動は、違法な活動をコッソリやっているのだ。

警備局としては、行動自体は違法行為なのだが、やってる行為は悪人の成敗なので、取り締まるかどうするか、非常に悩んでいるのだ。

メイから事情を聞いたアグネスだが、どうしても分からないことがある。

「そもそも、なんであのようなことをしているのですか？」

「攻撃魔法の練習です！」

「え？」

「魔物を討伐したいって言ったら反対されたです」

「当たり前ですわ！」

初等学院生であるメイが、魔物を討伐したいなどというとんでもないことを言い出したので、アグネスは思わず強めにツッコんでしまった。

「でも、アリスおねえちゃんが、せっかく覚えたのにもったいないって言って、この活動のことを提案してくれたです」

「アリス様が？」

「シンお兄ちゃんも協力してくれたです！」

「そ、そうなんですの？」

アグネスは、英雄たちの意外な素顔に困惑《こんわく》した。

アルティメット・マジシャンズのシンといえば、人類史上最強と言われている魔法の力を、正義のために使用する英雄と言われている。

まさか、こんな違法行為に手を貸しているとは思いもよらなかった。

しかし、それも無理からぬことである。

アグネスのように、実際にシンたちと接触《せっしょく》する機会がない者たちは、シンたちのことを書籍である『新・英雄物語』でしか知ることができない。

そして、その本に書かれているシンの姿は……。

多少……いや、かなり美化されているのである。

そんなシンしか知らないアグネスからすれば、メイから聞いた話はかなり衝撃《しょうげき》だった。

「な、なんだか、シン様のイメージが崩れそうですわ……」

「そうですか？」

シンが色々とやりすぎて、アウグストに怒られているところもよく見ているが、ようやく魔法が使えるようになったばかりのメイからすれば、なんでそんなに怒られているのか、よく分かっていない。

なので、メイの中でのシンは、いつも周りを驚かせるような凄いことをするお兄ちゃんという認識しかない。

そんなメイを見て苦笑を浮かべたコリンが、この話題を変えようと別の話を持ち出した。

「それにしても、アルティメット・マジシャンズの皆さんは、そうとう慌ててたみたいだね」

「そうですわね。慌てて飛び出していかれましたから」

コリンの言うことを肯定するアグネスだったが、実はコリンが言っているのはそれではない。

「ああ、僕が言ったのは、慌てて出ていったことじゃなくて、僕たちの存在を忘れるくらいのことがあったんだなってことだよ」

「どういう意味ですの？」

アグネスの疑問に対して、コリンはまず皆に注意をした。

「あのね、さっき聞いたことは、絶対他の人には言っちゃいけないことなんだよ」

『え⁉』

コリンの言葉に、まさか自分たちが知ってはいけないことを知ってしまったのかと若《じゃっ》干《かん》顔色が青くなる生徒たち。

「今回の事件……主犯がニール先生だってこともそうだと思う」

「……そうでしたわね」

「まさか、ニール先生が……」

学年主任であるサムが、まさか自分たちの誘拐《ゆうかい》を企《たくら》むとは夢にも思っていなかったアグネスたちは、一様に落ち込んだ様子を見せた。

「しかも、そのニール先生が魔人になってしまったとも言ってた」

さらに続けたコリンの台詞に、アグネスたちは揃ってメイを見た。

「はいです。目の前で魔人になっちゃったです……」

その話が本当かどうか確認するためだったが、メイは間違いないと肯定《こうてい》した。

「こんな身近な人が魔人になるなんて……」

「恐ろしいですわ……」

「も、もしかして！　俺たちも魔人になっちゃったりするのかな⁉」

遠い世界の話だと思っていた魔人が、すぐ近くに現れた。

その事実を、女子生徒二人は純粋に恐ろしいと感じただけなのだが、男子生徒の一人は、もしかして自分もという恐怖《きょうふ》に駆られてしまった。

だがコリンは、そのことをすぐさま否定した。

「それはないんじゃないかな？」

「なんでそんなことが分かるんだよ！」

コリンに自分の不安を否定された生徒が、思わずコリンに突っかかってしまった。

だが、コリンは冷静に説明した。

「さっきの皆さんの話だと……どうもニール先生は、誰かに魔人にされてしまったと考えたみたいなんだよ」

「お、俺知ってるぞ！　シュトロームって奴だろ⁉」

「皆さんは違うと思ってるみたいなんだ」

『え？』

現在の魔人騒動は、シュトロームが魔人を量産して起こったことであるというのは、世界共通の認識で、誰もが知っていることである。

だが、さっきのシンたちの話の内容からすると、どうも違うみたいだった。

「なんでそう思ったかは……そもそも僕たちが知らないことを話してたからよく分からなかったけど……」

「ちょっと待ってください！　確かに先ほど、私たちが知らないことを話してましたわ。もしかしてそれも……」

「……機密情報《きみつじょうほう》だろうね」

コリンにあっけなく肯定されたアグネスは、身体が震えるのを自覚した。

「でも……私たち、聞いてしまいましたわ……」

「だから相当慌ててたんだろうなって言ったんだ。僕たちに聞かれていることまで気が回らなかった……っていうか、存在を忘れるくらいの衝撃だったんだろうね」

「……ねえコリン君。もし……もし喋《しゃべ》ってしまったらどうなるのでしょうか？」

うっかりこのことを話す。

あり得そうなことを確認するアグネスだが、コリンから返ってきた答えは、彼女の希望を打ち砕いた。

「……逮捕《たいほ》されるかも……」

「私、絶対言いませんわ！　むしろ忘れますわ！」

「お、俺も！」

「私も！」

あまりにも自然に聞かされた話が機密情報でした。

そんな理不尽《りふじん》な状《じょう》況《きょう》だが、アグネスたちは必死にそのことを忘れようとした。

「そうだね。いいかい、ニール先生が犯人で魔人になっちゃったこと。それがシュトローム以外の誰かの手による可能性があること。それと、最初の魔人が現れたときのことも言ってたね。これ喋っちゃいけないよ？」

コリンとしては、喋っちゃいけないことを順番に説明したつもりだった。

だが生徒たちは……。

『せっかく忘れようとしてるのに！　丁寧《ていねい》に全部説明するな！』

「ええ？」

親切心で言ったらキレられた。

なんだか納得がいかないコリンなのであった。

そんな中、メイは。

「わ、私のことも忘れてくださいです！」

自分が魔法少女であることを皆の記憶から抹消《まっしょう》するように懇願《こんがん》していた。

◆

『こちらシン！　どうだ？　誰かいたか⁉』

メイたちのいる砦を飛び出したシンたちは、サムを魔人化させたと思われるシュトローム以外の魔人を捜すためにジェットブーツで駆けていた。

シンは浮遊魔法で飛んでいたが。

そんなシンから、現状を確認するための通信が入った。

「こちらアリス！　今のところ怪しい奴はいないよ！」

『シシリーです！　こちらもです！』

『マリアよ！　こっちも同じね！』

『アウグストだ！　駄目だな、魔物しか索敵にかからない！』

他にも連絡が入ってくるが、皆怪しい反応は見つけられていないようだった。

『くそっ！　やっぱり遅かったか！』

無線通信機の向こうでシンが悔し気な声を出した。

『……残念だが、諦めるしかあるまいな』

魔人化したサムが討伐されてから時間が経過していること、捜索する範囲《はんい》があまりに広すぎることなどから、今回の捜索は諦めようと提案するアウグスト。

その言葉を聞いて、アリスは悔《くや》し気《げ》に唇《くちびる》を噛《か》んだ。

今回の事件、実行犯はサムだが、もしサムを操っていた者がいたとしたら、そいつが真犯人だ。

そいつがサムに何かしたせいで、メイは誘拐《ゆうかい》されてしまった。

それになにより、アリスが許せなかったのが……。

「メイ姫様を泣かせた奴を逃がすなんて……」

小柄で幼い容姿のアリスは、今まで皆に妹のような扱いを受けていた。

それ自体に不満はないが、そんなアリスの前に、実際の年齢も体躯《たいく》も幼いメイが現れた。
今までそういった知り合いのいなかったアリスは、まるで妹ができたような気がした。
そしてメイも、アリスのことを『おねえちゃん』と呼んで慕《した》ってきた。
初めての妹的存在。
アリスは、メイのことが可愛くて仕方がなかったのだ。
そんなメイが泣かされた。
許すことができない。
しかし、おそらくいるであろう黒幕の正体も分からないし、捕捉《ほそく》もできない。
このまま取り逃がすしかないのか。
そんな考えが脳裏《のうり》をよぎったそのとき。
「‼　いた‼」
アリスの索敵が、周辺の魔物よりも遥《はる》かに大きな魔力を捉えたのだ。
「こいつが……こいつがメイ姫様をっ‼」
その大きな魔力に向かって、最大出力でジェットブーツを起動させるアリス。
『アリス！　見つけたのか⁉』
『コーナー！　お前、何時の方向に向かった⁉』
シンとアウグストが通信機で話しかけてくるが、アリスはそれどころではない。

索敵魔法が捕捉しているその反応に向かって全速力を出すことしか頭になく、返事もできなかった。

『おい、アリス！』

『コーナー‼』

再度叫んでくるが、アリスはお構いなしだ。

何とかして追い付こうと追跡する。

だが……。

「！　なんだよコレ⁉」

捕捉した魔力が向かう先にあったもの。

それは、無数の魔物の群れの魔力反応だった。

気付けばアリスは、魔人領の境界付近まで来てしまっていたのだ。

しかも捕捉している魔力は、徐々《じょじょ》にその大きさを縮《ちぢ》めていく。

明らかに、魔力コントロールができる魔人に違いなかった。

だが、魔力を抑え魔物の群れに紛れられては、魔物を全て吹き飛ばしたとしても、その間にどこに行ったのか分からなくなる。

そうなる前に捕捉したかったが……。

「くっそー！　距離が遠すぎるんだよ！」

さすがに元々あった距離を埋めることはできず、捕捉していた魔力は、魔物の群れに紛れてしまった。

もう、先ほどの魔力がどれなのか、見分けなどつかない。

ついに追跡を諦めたアリスは、地面に立ち尽くした。

そして……。

「ちくしょーっ‼」

八つ当たり気味《ぎみ》に、空に向かって特大の魔法を放ったのだった。

◆

「ふう……危なかった……」

アリスが追っていた魔力。

それは、魔人ローレンスの魔力だった。

ローレンスは、実験結果を見届けたあと魔人領に戻ろうとしていたのだが、その後方から猛烈な勢いで誰かが追って来るのを感じ、慌てて魔物の群れに身を隠すことを思いついたのだ。

追ってきていた魔力が止まったことを確認したローレンスは、そこでようやく一息ついたのである。

「アイツら、ホントにヤベーな。マジ捕まるかと思ったぜ」

ローレンスの進路に魔物の群れがいたのは、本当に偶然である。

もし魔物の群れがいなければ、追い付かれていただろう。

それほどのスピードだった。

「あの妙な靴の魔道具のせいだな。あんなもん使うとか反則だろ」

そうしてブツブツ文句を言っていると、ローレンスはあることに気付いた。

「ん？　あれ？」

先ほどまで感知していた追手の魔力が、突如として消失したのである。

「……やべ、他のことに気を取られてて監視してなかった……」

いつの間にか魔力の主がいなくなっていたことで捜索を再開したのかと思い、辺りの魔力を探るローレンスだが……。

「……どうなってんだ？」

辺りには、魔物以外の魔力は見当たらない。

となると、ちょっと目を離した隙に、ローレンスの索敵範囲から抜け出したということになる。

「……とんでもねーな」

そう呟いたローレンスは、旧帝都に向けて再度走り出した。

そのとき、ローレンスはアリスの魔力から意識を逸《そ》らせていたせいで気付かなかった。

アリスの魔力は、来たときと同じように高速で去っていったのではない。

突如として消失したのだということに。

◆

アリスは追跡を諦めたあと、皆に連絡を取ってメイたちがいる皆にゲートで戻り、皆と合流した。

そこでアリスは……。

正座させられていた。

「コーナー……続けて二度目だぞ？」

「……はい」

「追跡中だったのだ、止まって報告しろとは言わん。だが返事くらいしろ！　何かあったのではと思ったではないか！」

「ご、ごめんなさいぃっ‼」

大きな魔力を感知したあとに、返事が聞こえなくなる。

もしかして返り討ちにあったのではないかと、アウグストは肝《きも》を冷やした。

ところが、アリスの取った行動は、ただの無視。

心配した分、アウグストが怒るのも当然である。

「はぁ……それで？　コーナーが見つけたのは魔人で間違いないのか？」

「多分そうだと思います。大きかった魔力が、段々小さくなって周りの魔物と同じくらいになってましたから」

「魔物は魔力の操作などできない。それができるのは魔人だけ……か」

アリスの説明から、追跡していた魔力が魔人のものであると確信したアウグスト。

そしてシンが、ある結論を口にした。

「これではっきりしたな。シュトローム以外にも人間を魔人化させられる奴がいるぞ」

「ああ。だが……」

「どうした？」

少し困惑気味のアウグストにシンが訊《たず》ねた。

「いや……今回のこれに何の意味があるのかと思ってな」

アウグストの疑問を受けて、シンも首を傾《かし》げる。

「確かに。魔人化はシュトロームができるのにな」

「ああ。今更、他に魔人化させられる奴を増やす意図《いと》が分からん」

二人して考え込んでしまうシンとアウグスト。

「もしかしたら、例の離反《りはん》した魔人たちに生き残りがいて、そいつが仲間を増やそうとしてるとか？」

「だとしても、警備の厳しいアールスハイド王都を狙うか？　それならば農村地帯を襲う方が現実的だ」

「そういう報告は？」

「ない」

となると、やはり今回のことはシュトローム側の魔人がとった行動ということになる。

しかし、離反した魔人の話では、シュトロームは帝国を滅ぼすという目標を達成してしまったあと、目標を失い大人しくしているということだった。

事実、帝国が消滅したあとに起こった、スイード、クルトへの魔人の襲撃《しゅうげき》は離反した魔人が起こしたものだ。

離反した魔人は、シュトロームのことを悪《あ》し様《ざま》に罵《ののし》っていたし、連携《れんけい》していることもなさそうだ。

だとすると、討伐された魔人たちの後を継いで行動しているという線も考えにくい。

「くそっ！　こうなると、魔人に逃げられたのが悔やまれるな」

「しょうがねえよ。初動が遅かったんだ。確認できただけでも儲《もう》けもんだって」

そうして二人で話し込んでいるシンとアウグスト。

その話は当然周りの者たちも聞いているのだが、二人が真剣に話をしている時は、口を挟むことは少ない。

だが、ここで意外な人物が声をかけた。

「あ、あの」

「「ん？」」

二人が振り向いた先にいたのは、コリンだった。

「何だハーグ。今大事な話をしている途中なのだ。邪魔をするな」

王太子アウグストからそう言われて、一瞬身体が硬直《こうちょく》するが、コリンもここで引くわけにはいかない理由があった。

「あ、あの！　その大事なお話なのですが！」

「なんだ？」

「それは……僕たちが聞いていてもいいのでしょうか？」

「……」

その言葉に、アウグストは周囲を見渡した。

今自分の周囲にいるのは、シンたちアルティメット・マジシャンズ。

そして、その向こうには……。

「……お前たち、どこまで聞いた？」

「あの……ほぼ、全部です……」

コリンの返事に、アウグストは思わず手で顔を覆《おお》い、天を見上げた。

アウグストの周りは、アルティメット・マジシャンズのメンバーが囲んでいる。

なので、その輪の外にいて大人しくしていた初等学院生の子供たちの存在に気が付かなかった。

とはいえ、子供たちに話を聞かせてしまったのは事実。

新たに人間が魔人化するという異常事態に動揺したとはいえ、これは完全にアウグストの失態《しったい》だ。

どうするかと少し悩んだアウグストは、子供たちの方へと向かった。

ここにいる子供たちは貴族の子供が多いとはいえ、王太子であるアウグストのことは遠目にしか見たことがない。

突然王子様を目の前にした子供たちは、硬直した。

アウグストは、そんな子供たちに向かって言った。

「いいか。今ここで見聞きしたことは、絶対に他言無用《たごんむよう》だ」

『は、はい！』

前もってコリンに聞いていたとはいえ、やっぱりそうかと思う子供たち。

なんとなく予想していたので、これに関しては素直に返事ができた。

だが……。

「もし、それを破ったときは……」

アウグストは、普段国民の前では見せない厳《いか》めしい顔でそう言ったあと。

「分かっているな？」

ニヤリと笑った。

『は……はひっ……』

その笑顔があまりにも怖くて、全員まともに返事ができなかった。

子供たちにとって、今回誘拐されたことが人生最大の恐怖体験だった。

だがその記録は、数時間後にすぐさま更新された。

涙目でガクガクと足を震わせている子供たちを見たアウグストは、満足そうに振り返った。

するとそこには、あきれ顔でジト目を向けてくるシンがいた。

「なんだ？」

「なんだってお前……」

シンはそう言ったあと、アウグストの後ろにいる子供たちを見て言った。

「子供たちにトラウマ植え付けてどうすんだよ」

指摘されたアウグストは、後ろを振り返って再度子供たちを見た。

小刻《こきざ》みに震える子供たちを見て、さすがにやりすぎたかと思ったアウグストだったが、シンから指摘《してき》されるのはなんとなく気に食わない。

なのでアウグストは、誤魔化《ごまか》すことにした。

「彼らは貴族の子たちだ。こうして王族への畏怖《いふ》を刷り込んでおくことは、今後のためにも重要なことなのだ」

「そうなのか？」

アウグストの誤魔化しの言葉を、平民であるシンは鵜呑《うの》みにした。

そんなシンの服をチョイチョイと引っ張る者がいる。

「ん？　メイちゃん、どうした？」

「シンお兄ちゃん、それ嘘《うそ》ですから！」

「嘘？」

「はいです！　私は皆さんと仲良しです！　怖がらせたりしないです！」

メイは、もしかしたら自分も兄のようにしてるのかとシンに思われるのが嫌で、必死にそう訴えた。

そんなメイを見たシンは、フッと笑ってメイの頭を撫でた。

「メイちゃんがそんなことしないのは分かってるよ。そんなことすんのはオーグくらいのもんだろ」

「私もそんなことするか！」

「今、自分でそうしたって言っただろ」

「うぐっ……」

「あぁ、横暴《おうぼう》な王子様は怖いねー」

ニヤニヤしながらそんなことを言うシン。

普段のアウグストなら、こんなことはしない。

だが。子供たちが自分に恐怖を感じているこの状況は、アウグストにとって非常に好都合だった。

自分を恐れている限り、迂闊《うかつ》に口外《こうがい》することはないだろうと考えていたのだ。

何せ、相手はまだ初等学院生の子供だ。

友達との会話の中でウッカリ話してしまうこともあるかもしれない。

だが、恐怖を刷り込ませておけば、その危険は多少なりとも回避できる。

なので、発言を撤回《てっかい》できないアウグスト。

シンがからかってきても、何も言い返せないのだ。

だが、いつもからかっているシンにからかわれるのが我慢ならないアウグストは、別のことで反撃を試みた。

「ほう。いいのか？　そんなことを言って」

「なんだよ？」

さっきの邪悪な笑みとは違うニヤニヤした笑みに、シンは警戒のレベルを上げる。

アウグストがこの顔をしたときは、大抵《たいてい》ろくなことにならない。

そして予想通り、その口から出た言葉は、ろくでもなかった。

「今、お前の本の第二巻を編纂《へんさん》しているところなのだがなあ……」

「なっ⁉」

話の主導権を握ったことを確信したアウグストは、益々《ますます》笑みを深める。

「そうかそうか。そんなことを言うシンには、横暴な王子様として応《こた》えねばならんな」

「な、なにをするつもりだ⁉」

「そうだなあ……」

そう言ったアウグストは、シンを見たあと、そのまま視線をシシリーに移した。

「お前たちのバカップル振りを、赤裸々《せきらら》に記すとしようか」

「なあっ⁉」

「ふえっ⁉」

予想通りの反応に満足気なアウグストは、さらに続けた。

「今やアールスハイド国民にとって、魔王と聖女の仲睦《なかむつ》まじさは周知を通り越して憧《あこが》れだ。その様子を知りたい者も多いだろう」

「お、お前っ！」

「きゃああっ！　やめてください！　やめてください、殿下！」

シンとシシリーが必死に止めようとするが、アウグストは止まらない。

「一巻はスイード編までだったからな。あれ以降のお前たちのイチャイチャ振りを思うと……これは腕が鳴るな」

「お前！　ホントに止めろよ⁉　振りじゃねえからな！　振りじゃねえからな⁉」

「あううう」

シンがアウグストの肩を掴んで必死に制止する一方、魔人のスイード襲撃以降、シンとどれだけイチャイチャしてきたのか思い出したシシリーが、真っ赤になった顔を手で隠して座り込んでしまった。

シシリーを巻き込んでしまったが、シンの狼狽《ろうばい》する様子を見て満足したアウグスト。

「さて、二巻の構想も決まったし、そろそろ戻って編纂作業の続きをするとしようか」

「嘘だよな？　嘘だって言ってえっ！」

「はっはっは」

先ほどまでの深刻な話し合いはどこに行ったのか、いつものようにふざけ合うシンとアウグストを見ながら、トールとユリウスは溜め息を吐いた。

「まったく、殿下にも困ったものです」

「まあ、いいでは御座らんか。これ以上、ここで話し込んでいても結論が出るわけでもないで御座る」

「……ですね。それに、これ以上子供たちに話を聞かせるわけにもいきませんし」

トールはそう言うと、ポカンとしながらシンとアウグストのやり取りを見ている子供たちに視線をやった。

「ただでさえ、誘拐されるという目にあっているのです。必要なこととはいえ、これ以上精神的に追い込むべきではないでしょう」

相変わらず、ギャーギャーとじゃれ合っているシンとアウグストを見ながら、トールはそう呟くのだった。

「殿下！　シン殿！　そろそろ戻りましょう！　早く子供たちを親御《おやご》さんのもとに帰してあげないと！」

「待て、トール！　今大事な話をしてんだよ！」

「それなら、元々その内容で話は進んでいるんです。諦めてください」

「嘘だ⁉」

「本当ですよ。さあ、殿下も、早く行きましょう。とりあえず警備局でいいですか？」

「ああ、それでいいだろう」

アウグストに確認したトールは警備局にゲートを開き、子供たちを誘導する。

初めて見るゲートの魔法に、子供たちは先程までの恐怖心など微塵《みじん》も見せずに、興奮《こうふん》しながらゲートを潜《くぐ》って行った。

そんな子供たちの様子を見てホッと一安心したトールは、崩れ落ちているシンとしゃがみこんでいるシシリーに向かって声をかけた。

「シン殿もシシリーさんも、早く来てくださいよ」

「トール、待って！　待ってぇ！」

まるでトールに捨てられたかのように縋《すが》りつくシンを無視して、トールはゲートを潜って行ってしまった。

他のメンバーも、各々ゲートを開いて警備局に行ってしまい、後には、宙《ちゅう》に向かって手を伸ばしているシンと、顔を覆ってしゃがみ込んでいるシシリーだけが残された。

「うそ……だろ……そんなこと公表されたら……」

アウグストとトールからの公開処刑宣言に、シンは呆然《ぼうぜん》と呟《つぶや》き……。

「もう……シン君のところにしか、お嫁にいけません……」

「……いや、そらそうでしょ……」

シシリーは混乱していた。

◆

「おお！　メイ！　良かった……本当に無事で良かった！」

「お父様！」

何とか気を取り直したシンとシシリーがゲートで警備局に行くと、そこでは親子が再会を果たしていた。

あちこちで泣きながら抱き合っている親子がいる中に、シンは知り合いを見つけた。

「コリン！」

「父さん！」

幼少期からの知り合い、トム＝ハーグである。

その姿を見つけたシンは、トムのもとへと足を運んだ。

「トムおじさん」

「お、おお！　シンさん！　ありがとう！　本当にありがとう！」

トムはシンの姿を見ると、その手を取って盛大にお礼を言ってきた。

「いや、コリン君を助けたのは俺じゃないよ」

「そ、そうなんですか？」

「うん。今回は、俺ほとんど何もしてないから」

「じゃあ、一体誰が？」

「それはほら」

シンが指差した先にいたのはアリス。

その姿を確認したトムは、アリスのもとに駆け出した。

「アリスちゃん！」

「ん？　あ、ト、トム会頭《かいとう》！」

「あっはっは。もう君のお父さんは、私の部下じゃなくてウォルフォード商会の代表じゃないか。もう上司と部下の関係じゃないんだよ？」

「あ、そうでした」

アリスの父は、元ハーグ商会の経理部長で、トムはアリスの小さいころも知っているのである。

「アリスちゃんがコリンを助けてくれたんだってね」

「え？　あ、まあ、そうかな」

昔からの知り合いに真剣な顔でそう聞かれると、どうも照れくさくて曖昧《あいまい》な返事をするアリス。

そのアリスの手を、トムは両手で握った。

「わっ⁉」

「ありがとう……本当にありがとう……」

「トムさん……」

アリスの手を握り、涙ながらにお礼を言うトムを見て、アリスはコリンたちを助けられて良かったなと心から思った。

アリスに一通りお礼を言ったトムは、シンに向き直った。

「ところでシンさん。犯人はどうなったんですか？」

「ああ、誘拐犯は全員捕まえたよ。それと、主犯というか、そういう奴もいたんだけど……」

シンはそう言うと、アウグストの方を見た。

その視線を受けたアウグストは、まだメイを抱擁《ほうよう》しているディセウムに耳打ちをした。

ディセウムは目を見開き、真剣な顔をしたあとメイとの抱擁を解き、周りにいる家族たちに声をかけた。

「皆、感動の再開をしているところ済まないが、少し時間を貰えるだろうか？」

国王の言葉に他の家族たちも一旦再会を喜び合うのをやめ、ディセウムに注目した。

「デニス、会議室は空《あ》いているか？」

「は。空いております」

「うむ、では、会議室に集まってくれ」

ディセウムにそう言われ、ぞろぞろと会議室に向けて歩き出す。

そして、会議室に全員が揃ったところで、ディセウムは口を開いた。

「よいか。これから話す内容は、他言無用である」

◆

「……話は以上だ。お主たちは被害者家族であり、犯人の情報を知らねば安心できぬであろうから話したが、本来ならこれは最重要機密事項だ。くれぐれも口外せぬように」

『は、ははっ！』

ディセウムから説明された内容。

それは、学院の教師が魔人の手にかかって魔人化させられたという衝撃の内容だった。

本来なら、軍や国家の上層部しか知ってはいけない情報だが、被害者の家族だから話した。

そうしないと、なぜ今回自分の子が狙われたのか分からないからである。

ここにいるのは高位貴族や大商会の会頭などばかりなので、職業柄機密情報を取り扱うこともある。

その扱いに慣れている者にとっても、これは今までで一番の機密情報だ。

話を聞いた親たちは、その情報の内容に緊張の色が隠せない。

「うむ。それでは、時間を取らせてしまったな。今日のところは家に帰ってゆっくりするといい」

その言葉に親たちが頭を下げて感謝の意を表明する。

それを見ていたディセウムは、こんどは子供たちに視線を向けた。

「それから済まないが、子供たちは明日以降事件の調書《ちょうしょ》を取らせてもらうからね。警備局の人間に、できるだけ正確に事情を話してほしい。できるかい？」

『はい！　できます！』

元気に返事をする子供たちを見て、ディセウムは満足そうに目を細めた。

「うん。いい返事だ。それでは、解散するとしようか」

ディセウムのその言葉で、各々の家に向かう家族たち。

そして、ディセウムやシンたちだけになったとき、ディセウムが真剣な顔をして言った。

「それじゃあ、詳しい事情を聞かせてもらえるか」

◆

「なんだと？　それは本当か？」

アウグストは、ディセウムにサムが魔人化した経緯を説明した。

そして、魔人と思わしき魔力を取り逃がしたことも。

「うーむ……確かにアウグストの言う通り、意図が読めんな」

「父上にも分かりませんか」

アウグストは、ディセウムならば何かに気付くのではないかと期待したが、ディセウムにも分からないらしい。

「旧帝都を監視《かんし》しているとはいえ、遠目からの監視であるからな。魔人の一人や二人見逃すこともあるだろう。だが……」

「あえてアールスハイド王都の人間を選んだ理由が分かりません」

「そこなのだ。一体何を考えておるのか……」

ディセウムとアウグストは、しばらく考えていたが、やはり情報が足りないため、魔人たちの意図は摑めなかった。

「とりあえず、今すぐ何かをするわけではあるまい。もし大規模に事を起こそうとすれば、さすがに監視の網にかかる。それまでは最大限の警戒をしつつ静観《せいかん》するしかあるまい」

「それしかありませんか」

「これが普通の国であれば、接触して探りを入れるなりできるのだがな……」

「魔人相手ではそうもいきませんし……」

「そういうわけだ。皆、朝早くから済まなかったな。これで事件は一応決着したから、今日はもう家に帰ってゆっくり休んでくれ」

アウグストとの会話を終了させたディセウムは、シンたちに向けて労《ねぎら》いの言葉をかけ、休むように言った。

「ディスおじさんも帰んの？」

「いや、残念ながらまだだな。これから事件の後処理《あとしょり》をしないといけない」

ディセウムはまだ仕事が残っており、帰るわけにはいかない。

その姿を見たシンは、違和感を覚えた。

「ディスおじさんが仕事してる姿って……凄い違和感なんだけど」

「どういう意味かな⁉　シン君！」

「だって、最近のディスおじさんって、ウチでゴロゴロしてるところしか見てないんだもん。ホントに仕事してんの？　って思ってた」

シンからの酷評《こくひょう》に、思わず肩を落とすディセウムと、吹き出すアウグスト。

「日頃の行いですな、父上」

「アウグストまで⁉」

息子からの止めの言葉で涙目になるディセウム。

そんな国王を置いておいて、シンとアウグストは会議室を出ようと振り向いた。

そこには、こちらの様子を見ていたアルティメット・マジシャンズのメンバーがいたのだが、その輪から外れたところに何人かいることに気が付いた。

その人物たちとは……。

「メイ姫様、今度魔物を討伐しに行こうか」

「ついに魔物ですか⁉」

「もうそろそろ頃合い」

「うん。それに、魔物相手なら手加減はいらないし、もっと攻撃魔法が上手くなるよ！」

「是非《ぜひ》！　行きたいです！」

「その意気」

「よーし！　じゃあ、いつにしようか？」

「ほう、楽しそうだな。私も混ぜてもらえるか？」

「うん、いい……よ？」

輪から離れて話をしていたのは、いつものアリス、リン、メイの三人だった。

しかも、こっそり話し合っていたのは、なんとメイに魔物討伐をさせようという相談だった。

さすがに無視できなかったアウグストは、その輪に乱入したのだ。

「「で、でんか……」」

「はわわわ……」

「お前たちは……」

アリスたちの会話を聞いていたアウグストは、プルプルと震え出した。

その身体は僅《わず》かに帯電《たいでん》している。

そして……。

「一体、いつになったら懲《こ》りるのだ!!」

「「「ぎゃあああっ!!」」」

アウグストの怒りの雷（弱）を文字通り落とされた三人は、電撃の痺《しび》れによりピクピクと痙攣《けいれん》するのだった。

◆

「ローレンス、首尾の方はどうだ？」

旧帝都に戻ってきたローレンスを待ち構えていたのは、彼の上司であるゼストであった。

「とりあえず実験は成功です。ただ、あわよくばアールスハイドの力を削《そ》いでやろうかと思ったんですけど……」

「その様子だと、そちらは失敗したようだな」

「そうなんですよ。そっちはまあ、あわよくばって思ってたんで別にいいんですけどね」

アウグストやディセウムが、なぜアールスハイドを狙ったのかが分からないと言っていたが、その理由は単純である。

アールスハイドの国民が魔人化すれば、国内に混乱が起きる。

世界連合のリーダー的存在であるアールスハイド国内が混乱すれば、世界連合の結束に綻《ほころ》びが出来るのではとの狙いからだった。

「まあ、そちらはついでだからな。当面の目的である、時間差による魔人化については上手くいったということか」

「ええ。それについては上手く行きました。魔人化する一歩手前で魔力操作をやめ、後は強いストレスを与えれば魔人化します」

「ふむ。よくやった」

「ありがとうございます」

自分が行った実験の結果がゼストに認められたことに、ローレンスは上機嫌になった。

だが、ゼストの次の言葉で、すぐに落ち込むことになる。

「ちなみにだが、もう一つの方はなぜ失敗したのだ？」

「ええっと……今回は王族の方にも被害を出しておきたかったんで、王族の通っている学院の教師を狙ったんですが」

「そうだったな」

「奴は、俺の洗脳《せんのう》で王族に対する憎悪の気持ちを持ちました。そこまでは良かったんですが……」

ゼストは、ローレンスの言葉の先を予測した。

「ふむ。相手が予想外の動きをしたか」

「そうなんですよ。あのまま王都内で魔人化してくれれば王都を混乱に陥《おとしい》れることができたのに、よりによって王都外に合宿に行くとか言い出して」

「それは予想外だな」

「王族を誘拐したまでは良かったんですが、それに協力した悪党どもに渡す報酬《ほうしゅう》として身代金《みのしろきん》を要求して……ガキ共をすぐに殺さなかったんです」

「まあ、分からんでもないが……」

「そしたら、例のシン＝ウォルフォードの一派の奴がやってきやがって、ガキ共は救出されてしまうし、悪党どもは捕獲《ほかく》されるし、それにせっかく魔人になった教師も瞬殺《しゅんさつ》されるし……」

「そうか。まあ、今回は仕方があるまい。思想のコントロールならまだしも、思考までコントロールしてしまったら、周囲に余計な疑念を抱かせてしまう」

「そうなんですよね。実験は成功したのに、なんか失敗した気分ですよ。それに……」

「まだ何かあるのか？」

「ええ。実は実験の結果を見届けたあと、すぐにその場を離脱《りだつ》したのですが、例の一味《いちみ》に追いかけられまして」

「なに？　姿を見られたのか？」

「いえ。それは大丈夫です。ただ……」

「どうした？」

「あいつら、多分アレ使ってますよ」

「アレ？」

「ほら。シュトローム様がシン＝ウォルフォードと戦ったときに、相手が使っていたっていう、靴の魔道具」

「ああ、アレか」

「シュトローム様ですら不意《ふい》を突かれたって言ってたじゃないですか。アレを使ってたなら、あの移動速度も納得できます」

「ふむ、そうか……」

ゼストはしばらく考え込んだあと、ローレンスに言った。

「とすると、奴らは全員それを使えると見た方がいいな」

「だと思います」

「分かった。では、それを考慮《こうりょ》に入れた上で作戦を練り直すとするか。後は……」

「実行の時期ですね。いつにします？」

「そうだな……」

ゼストは少し考えたあと、ローレンスに言った。

「人類どもが一番油断しているとき、つまり……」

「……分かりました。それでは、そのときまで本番のターゲットを選別しておきます」

「頼んだぞ」

「はい！」

ローレンスはそう言うと、早速次の作戦のターゲットを探すべく行動を開始した。

それを見送ったゼストは、次の作戦で人類を混乱に陥れることができると考えており、作戦の詳細を詰めに行った。

このときゼストは、ローレンスからもたらされたジェットブーツを使っていたという情報に注意を奪われ、あることを見落とした。

それは……。

どうしてアリスが、メイたちを捕らえている砦《とりで》に辿《たど》り着《つ》けたのか、ということ。

そのことを見逃したことで、ゼストはそれ以上の調査を命じなかった。

それは結果的に、ある魔道具の存在を見落とすことになる。

◆

「みなさん！　おはようです！」

救出された翌日は身体と心の疲労を考慮《こうりょ》し、休みになったメイたち。

メイは、合宿の日の朝から救出される翌日まで一睡《いっすい》もしていなかったので、事情説明が終わったあと、そのまま寝かしつけられた。

よほど疲れていたのだろう、昼過ぎに眠りについたメイは、翌日まで起きてこなかっ

ぐっすり寝てすっかり元気になったメイは、またいつものように元気に登校してきたのだ。

「おはようございます、メイ姫様！」

「はい！　おはようです！」

他学年の生徒たちは、数日振りに見るメイに、いつも通りの挨拶《あいさつ》をする。

事情を知らないので当然である。

そして今度は、事情を知っている自分のクラスにやってきた。

「おはようです！」

ここでも元気に挨拶をするメイ。

その姿を見て、誘拐されなかった生徒たちが、わっと集まった。

「メイ姫様！　大丈夫なんですか⁉」

「非道《ひど》いことされませんでしたか？」

「ああ、メイ姫様、おいたわしや……」

「くっそお、俺が一緒だったら悪い奴らをぶっ飛ばしてたのに！」

「お前、ぐーすか寝てたじゃん！」

「お前だってそうだろ！」

メイの周りに集まって、労いの言葉をかけてくれる同級生たち。

そんな、自分を心配してくれる沢山の同級生たちの姿に、メイは思わず目に涙を浮かべた。

「わっ！　メイ姫様！　やっぱり非道いことされたんですか⁉」

「ま、まさか、殴られたりしたんじゃ……」

「なにいっ‼」

メイが涙を浮かべたことで、メイが辛いことを思い出してしまったのではないかと心配する同級生たち。

だが、メイは目に浮かんだ涙を拭うと、元気よく答えた。

「大丈夫です！　怪我はしてないです！　皆さんが心配してくれてたので感激してたです！　ありがとうです！」

メイが満面の笑みでそう言うと、同級生たちはホッと胸を撫《な》で下《お》ろした。

そんな教室には、アグネスやコリンもいた。

「ちょっと！　メイ姫様は私たちを助けようとお一人で頑張られていたのですよ？　大変お疲れなのですから、早く解放して差し上げてくださいまし！」

「まあまあ、アグネスさん。皆、メイ姫様のことが心配だったんだよ」

「でも！」

アグネス自身も誘拐されたのに、自分のことよりメイの心配をしてくれている。

そのことも嬉しかった。

「ありがとうです、アグネスさん！　私は大丈夫です！　それより、アグネスさんこそ大丈夫です？」

「わ、私は大丈夫ですわ！　縛《しば》られて転がされていただけですし。例の睡眠薬《すいみんやく》のせいか凄くよく眠りましたし……」

「コリン君は？」

「僕も同じですよ。起きてからが大変だったですけど、それより……」

コリンは声を潜めると、メイとアグネスにだけ聞こえるように言った。

「メイ姫様は、睡眠薬が効かなくてずっと起きていらしたんですよね？　本当に大丈夫なんですか？」

するとメイも、同じように声を潜めて返事をした。

「大丈夫です。一昨日は、あの後すぐ寝かされたです。起きたら朝だったです」

「……一昨日、事情説明が終わって解散したのって、昼過ぎでしたよね……」

「よほどお疲れだったんですね……なのに私ったら、ずっとメイ姫様に頼りっぱなしで……申し訳ございません」

コリンは、救出された時間からメイが起きた時間までを計算し、そんなに眠るほど疲労していたのかと、メイに負担をかけたことを申し訳なく思った。

アグネスは、そんなに疲れていたメイに監禁中ずっと頼りっぱなしだったことを恥じた。

だが、メイはここぞとばかりに大声で言った。

「私は王女です！　王族は、国民の皆を守るです！　どんとこいなのです！」

メイは、胸を張ってそう高らかに宣言した。

その姿を、同級生たちは尊敬の念を込めて眺めるのだった。

すると、間近でメイを見ていたアグネスが、あることに気付いた。

「あら、メイ姫様。髪の毛が少し傷んでますわ」

「え？　本当です？」

「ええ。ほら、ここですわ」

「ん？　ああ……」

アグネスの指し示した箇所を見て、なぜか納得したような声をあげたメイ。

その反応に、アグネスは首を傾げた。

「どうしたんですの？」

「えっと、これはお兄様に雷を落とされたです」

「アウグスト殿下に？　怒られたのですか？」

「そうです。怒られて、雷を落とされたです」

「……いえ、あの……世間一般には、怒られることを、雷を落とされると言うのですが……」

「間違ってないです。怒られたうえで雷を落とされたです」

アグネスは、メイの言葉をしばし考えたうえで、恐る恐る聞いてみた。

「えっと……つまり、実際に雷が落ちたと？」

「そうです。ビリビリ痺れちゃったです」

「一体なにをしたら、そんなことになりますの⁉」

一昨日のメイは、誘拐事件の被害者だったはずだ。

労わられこそすれ、比喩《ひゆ》ではなく雷を落とされるなんて、一体何をしたのだろうか。

「えっとですね……」

その答えを、メイはアグネスに耳打ちした。

「……は？」

アグネスは、思わず素で反応してしまった。

「え？　なに？」

その様子を見ていたコリンに、今度はアグネスが耳打ちした。

「……は？」

やっぱり同じ反応をした。

メイから耳打ちされた内容とは、魔物討伐に行こうとしたら、アリスたちと一緒に雷を落とされたというものだ。

「な、なにをしようとしているんですの⁉　そんなの、怒られて当然ではありませんか‼」

「そうですよ！　アウグスト殿下でなくても怒りますよ！」

「でも、アリスおねえちゃんが提案してくれたです」

「英雄様方の判断基準がおかしいですわ！」

「いやあ……アルティメット・マジシャンズの方々って、噂とは大分《だいぶ》違ってぶっ飛んでるんだねえ……」

本には、シン以外の登場人物をそこまで詳しく書いていない。

コリンは、アルティメット・マジシャンズに抱いていた幻想が、音を立てて崩れていく気がした。

そんな二人の反応を見たメイは、少し不満そうに言った。

「私も、魔物討伐してみたいです！」

それを聞いたアグネスとコリンは、声を揃えて言った。

「「メイ姫様、初等学院生、ダメ、絶対！」」

なぜかカタコトで喋る二人を見たメイは。

「ぶうー」

口を尖《とが》らせて、憮然《ぶぜん》としていた。

そこには、誘拐されたことによるストレスは感じられない。

アールスハイド初等学院では、本日もいつも通りの日常が過ぎていくのだった。

「魔物狩りしたいです！」

「「ダメ！　絶対‼」」

（おわり）

あとがき

『賢者《けんじゃ》の孫《まご》ＳＰ《スペシャル》　おうじょさま奮闘記《ふんとうき》』をお手に取って頂き、ありがとうございます。

題名の通り、今回の主役は、賢者の孫唯一《ゆいいつ》の王女様、メイちゃんが主役となっております。

他にも候補となるキャラはいたのですが、自分の中で、小学生時代が一番冒険と好奇心に溢《あふ》れワクワクしていたことを思い出しました。

そんなわけで、小学生と同じ年頃であるメイちゃんに色々と冒険してもらおうということで、今回メイちゃんが主役を張ることになりました。

そうなると、あの二人が出てくるのはしょうがないのです。

別に、出したくて出したわけじゃないのです。

三人揃うと、どうしてもあの展開に持って行かないといけないのです。

まあ……今回もおふざけが過ぎました。

ちなみに、他の候補についてですが、キャラというか集団というのもありました。

自分の高校時代をそのまま反映するならコイツらしかいないと思える集団です。

その際に提案したサブタイトルが、

『男子騎士学院生の日常』

速攻で却下されました。

まあ、今となっては却下されてよかったかなと思います。

以前、本編でも書きましたが、男子学生は集団になると基本バカになるので、野郎どものムサい話より、メイちゃんの可愛い話の方がいいに決まってますから。

独りよがりはダメですね。

ただまあ、面白そうではあるので、そのうちWEBで書くかも。

その際はよろしくお願いします。

それでは、今回も謝辞《しゃじ》を。

担当さんには、毎度アホな提案をして困惑させてしまい申し訳ありません。

今回も美しいイラストを提供してくださった菊池《きくち》先生にもお礼を申し上げます。

いつもありがとうございます。

そしてなにより、この本を手に取ってくださった方、全てに感謝申し上げます。

それでは、次巻でお会いできることを楽しみにしています。

ありがとうございました。

二〇一九年　三月　吉岡《よしおか》　剛《つよし》

どうしても線が多くなってしまいますね。
もっと単純に行きたいのですが・・・中々(;¯д¯)
四月からのテレビアニメも宜しくお願いします。

■ご意見、ご感想をお寄せください。

ファンレターの宛て先
〒102-8078　東京都千代田区富士見1-8-19　ファミ通文庫編集部
吉岡 剛先生　　菊池政治先生

■QRコードまたはURLより、本書に関するアンケートにご協力ください。

https://ebssl.jp/fb/19/1724
- スマートフォン・フィーチャーフォンの場合、一部対応していない機種もございます。
- 回答の際、特殊なフォーマットや文字コードなどを使用すると、読み取ることができない場合がございます。
- お答えいただいた方全員に、この書籍で使用している画像の無料待ち受けをプレゼントいたします。
- 中学生以下の方は、保護者の方の了承を得てから回答してください。
- サイトにアクセスする際や、登録・メール送信時にかかる通信費はご負担ください。

FBファミ通文庫

賢《けん》者《じゃ》の孫《まご》SP《スペシャル》
おうじょさま奮闘記《ふんとうき》

よ2
3-1
1724

2019年3月30日　初版発行

著　者　吉岡《よしおか》 剛《つよし》
発行者　三坂泰二
発　行　株式会社KADOKAWA
〒102-8177 東京都千代田区富士見2-13-3
電話 0570-060-555(ナビダイヤル)
編集企画　ファミ通文庫編集部
担　当　佐々木真也
デザイン　coil 世古口敦志
写植・製版　株式会社スタジオ205
印　刷　凸版印刷株式会社

エンターブレイン カスタマーサポート
[電話]0570-060-555（土日祝日を除く正午～17:00）
[WEB]https://www.kadokawa.co.jp/（「お問い合わせ」へお進みください）
※製造不良品につきましては上記窓口にて承ります。
※記述・収録内容を超えるご質問にはお答えできない場合があります。
※サポートは日本国内に限らせていただきます。

ISBN978-4-04-735551-4 C0193

定価はカバーに表示してあります。

32歳、《ルールブック》片手に異世界救世紀行

著者／津田夕也
イラスト／冬ゆき

おっさんの魔族救済の旅がはじまる!

『異世界管理者、急募！』そんな文言と安定した給与に目がくらんだ坂本《さかもと》京《きょう》太《た》郎《ろう》。就職したとたん、剣と魔法のファンタジー世界に放りだされてしまった。持たされたのは《ルールブック》のみ。書き込むことで世界の理を改変し、魔族を救うことが仕事だというのだが――。

FB ファミ通文庫

暗黒騎士様といっしょ!
～勘違いから始まる迷宮攻略～

著者／笹木さくま
イラスト／乾和音(artumph)

伝説の暗黒騎士の新たな伝説開幕!

「迷宮を踏破して帝国を救ってください!」エルフの皇女は、駆け出し冒険者アルバにそう頼み込んできた。迷宮の深奥には、帝国を滅ぼす秘密が隠されているらしい。「女の子の頼みを断るのは格好悪いよね」と、漆黒の全身鎧と鮮血のごとき赤い魔剣を携えてアルバは迷宮攻略に挑む——!?

リン=ヒューズ
アリス=コーナー
「それに……」
「それに?」
「……知り合いにバレるのって、恥ずかしいよ?」

「んなっ!?

これって!!」

「ウォルフォード君の、
指向性爆発魔法!?」

「やぁあっ!!」

「うわっ!!」

「ぐぉおおっ!!」

大量の魔力をなんとか制御しきったメイから、
とんでもない魔法が飛び出した。